옮긴이 유예진

연세대학교 불어불문학과를 졸업하고 미국 보스턴 칼리지에서 프루스트 연구로 박사 학위를 받았다. 현재 연세대학교 불어불문학과 교수로 있다. 지은 책으로『프루스트의 화가들』, 『프루스트가 사랑한 작가들』, 『프루스트 효과』가 있고, 옮긴 책으로 프루스트의『어느 존속 살해범의 편지』, 『마르셀 프루스트: 독서에 관하여』, 사뮈엘 베케트의 『프루스트』등이 있다.

KB135983

Avant la nuit

프루스트 단편선

* * *

밤이 오기 전에

마르셀 프루스트

유예진 옮김

현암사

차례

I

II

I

무관심한 이

"사람은 위안을 받으며 치유된다.
영원히 슬퍼하거나 영원히 사랑할 수는 없는
법이다."

— 라 브뤼에르, 『성격론』 4장 「마음에 관하여」

1

마들렌 드 구브르는 로랑스 부인의 박스석에 막 도착했다. 뷔브르 장군이 마들렌에게 물었다.

"오늘밤 당신의 청년들은 누구지요? 아브랑슈? 르프레?"

"아브랑슈는 맞아요." 로랑스 부인이 대신 답했다. "르프레는 감히 초대를 못 했네요."

그녀는 마들렌을 가리키며 덧붙였다. "마들렌이 좀 까다롭잖아요. 마들렌에겐 마치 완전히 낯선 사람을 소개하는 것과 마찬가지라고요."

마들렌은 그렇지 않다고 항변했다. 그녀는 르프레를 이미 몇 차례 만났고, 그가 매력적이라 생각했다. 한 번 그녀 집에서 함께 점심식사를 한 적도 있었다.

"어쨌든 당신이 아쉬워할 일은 전혀 없어요." 로랑스

부인이 잘라 말했다. "그 사람이 상냥한 건 맞지만, 그에겐 특별한 점이 하나도 없다고요. 특히 파리에서 모든 이들의 선망의 대상인 여성에게는 상대가 안 되지요. 당신과 가까이 지내는 지인들이 모두 뛰어나서 당신은 더욱 대하기 힘든 대상이 되고 있다는 사실을 난 잘 알고 있답니다."

르프레는 무척 상냥하지만 별 볼 일 없는 사람이라는 게 사교계 모든 이들의 생각이었다. 마들렌은 자신은 생각이 다르다는 사실을 깨닫고 놀랐다. 그렇다고 르프레가 없다는 사실이 결코 큰 실망감을 안겨준 것도 아니어서 그에게 가진 호감이 우려되지는 않았다. 극장 여기저기서 사람들이 그녀 쪽으로 시선을 돌렸다. 이미 몇몇 친구들이 그녀에게 다가와 인사하고 온갖 칭찬을 쏟아냈다. 그 자체가 그리 새롭지는 않았지만 경주마를 달리는 기수나 무대 위 연극배우의 빠른 눈치로 그녀는 보통 때보다 더 수월하고 완전하게 그날 밤을 장악할 수 있으리라 직감했다. 그녀의 드레스 상체 부분의 노란색 망사천은 아무 보석 없이 카틀레야 꽃들로 덮여 있었고, 흑단 같은 머리에도 같은 꽃이 몇 송이 꽂혀 있었는데, 마치 어두운 탑에 창백한 빛을 비추는 전등 같았다. 자신이 선택한 꽃과 마찬가지로 생기 넘치고 또 사색적인 그녀는 폴리네시아식 머리 모양으로 인해 피에르 로티와 레날도 안의 작품 속에 등장하는 마에뉘를 떠올리게 했다.* 주변의 감탄에 찬 시선에 그대로 반사되는 자신의 우아함을 무관심하게 바라보던 그녀는 그러나 르프레가 자신의 이런 모습을 보지 못한다는 사실에 이내 아쉬움을 느꼈다.

"당신은 정말 꽃을 사랑하는군요!" 그녀의 드레스 윗부분을 보며 로랑스 부인이 감탄했다.

그녀는 정말 꽃을 사랑했다. 속된 의미에서 꽃들이 얼마나 아름다운지, 그리고 그녀를 얼마나 아름답게 만드는지 알기에 사랑했다. 꽃의 아름다움과 경쾌함, 그리고 슬픔까지 사랑했고, 특히 아름다운 것만이 풍길 수 있는 고유의 분위기를 사랑했다. 싱싱함을 잃으면 그녀는 마치 낡은 드레스처럼 그것들을 버렸다. 첫 번째 휴식 시간에 마들렌은 오케스트라석에서 르프레를 알아봤다. 얼마 후 뷔브르 장군과 달뤼브르 공작부부가 자리를 떴고 그녀와 로랑스 부인 둘만 남게 되었다. 마들렌은 르프레가 박스석으로 들어가는 모습을 보았다.

* 피에르 로티의 소설 『로티의 결혼Le Mariage de Loti』을 바탕으로 레날도 안이 작곡한 3막극 오페라 〈꿈의 섬L'île du rêve〉에 등장하는 폴리네시아 출신의 여자 주인공.

"로랑스 부인, 르프레 씨가 오케스트라석에 혼자 있는 것 같은데 그를 여기 초대하는 걸 허락하시겠어요?" 그녀가 물었다.

"그렇게 하는 편이 좋을 것 같은 게, 마침 내가 곧 떠나야 하거든요. 그러니까 당신은 내가 가도 된다고 허락한 셈이에요. 로베르가 몸 상태가 좀 안 좋거든요. 내가 가서 물어볼까요?"

"아뇨, 제가 할게요."

휴식 시간 내내 마들렌은 르프레가 로랑스 부인과 이야기하도록 내버려두었다. 박스석 난간에 기댄 채 연주회장을 내려다보며 그녀는 그 둘을 상관하지 않는 척했다. 그와 단둘이 남았을 때 그 순간을 더욱 음미하기 위해서였다.

로랑스 부인은 코트를 걸치기 위해 나갔다.

"다음 막 공연은 여기 계시면서 들어도 좋아요." 그녀는 대수롭지 않은 듯 상냥하게 말했다.

"부인, 말씀은 감사합니다만 그럴 수가 없군요. 제가 다른 일이 있어서요."

"그럼 제가 혼자 있게 되잖아요." 마들렌이 황급히 말했다. 그러나 그녀는 무관심이 최고라는 격언, "내가 그를 사랑하지 않으면 그는 나를 사랑한다"를 거의 무의식적으로 떠올리기라도 한 듯 서둘러 덧붙였다. "당신 말이 맞아요. 약속이 있다면 어서 가셔야지요. 그럼 안녕히."

자신의 말이 지나치게 단호하게 들릴까 봐 그녀는 한층 더 다정한 미소를 띠었다. 하지만 그녀로부터 표출된 단호함은 그가 같이 있어주기를 바라는 그녀의 욕망과 그녀가 느낀 쓰라린 실망감에 비하면 상대적이었다. 떠나도 된다는 그녀의 말이 만약 다른 사람에게 한 것이었다면 완전히 우호적으로 들렸을 것이다.

로랑스 부인이 다시 들어왔다. "르프레 씨가 가는군요. 그럼 당신이 혼자 있지 않도록 내가 있어줄게요. 그와 작별인사는 나눴나요?"

"작별인사요?"

"이번 주말엔가 이탈리아와 그리스, 소아시아로 긴 여행을 떠난다고 하던걸요."

태어난 순간부터 의식하지 않은 채 숨을 쉬어왔던 아이는 자신의 가슴을 부드럽게 채워주는 공기가, 사실 느끼지도 못하는 것이지만 삶에 얼마나 소중한지 알지 못한다. 그 아이는 갑작스러운 고열, 아니면 극심한 경련을 일으키며 숨이 막힐 것인가? 말 그대로 거의 목숨을 다해, 잃어버린 안정을 되찾기 위해서 절망적인 사투를 벌인 후에야 그전까지 헤어질 수 없다는 사실을 알지 못했던 공기를 되찾게 된다.

마찬가지로 전혀 예상치 못했던 르프레의 여행 소식을 접한 그 순간에야 그녀는 자신에게서 거대한 무언가가 빠져나가는 것을 느끼며 자신 안에 자리 잡고 있었던 것의 존재를 깨닫게 되었다. 그리고 그녀는 가여운 천식 환자가 자신을 숨 막히게 하는 질병을 원망하지 않고 도움을 줄 수 없어 안타까워만 하는 사람들에게 그저 눈물이 가득 고인 눈을 들어 웃어 보이는 것처럼 로랑스 부인을 원망하지 않은 채 슬프면서도 부드러운 체념의 눈길로 바라보았다. 갑자기 마들렌이 일어섰다.

"어서요, 부인을 늦게 들어가게 하고 싶지 않아요."

마들렌이 외투를 입을 때 르프레가 보였다. 작별인사를 하지 못한 채 그를 떠나보낼 수 있다는 생각에 그녀는 재빨리 계단을 내려갔다.

"르프레 씨가 저를 불쾌하게 만들었다고 믿게 한 채 보내고 싶지 않아요."

"그런 말은 전혀 않던걸요." 로랑스 부인이 답했다.

"아네요. 부인이 그렇게 믿으시는 것처럼, 그도 그렇게 생각할 거라고요."

"오히려 그 반대예요."

"암튼 제 말이 맞아요." 마들렌이 고집스럽게 말했다. 둘은 르프레가 있는 곳으로 갔다.

"르프레 씨, 목요일 저녁 8시에 저녁식사를 하러 오세요."

"부인, 저는 목요일에 약속이 있습니다."

"그럼 금요일은요?"

"금요일도 안 되겠는데요."

"토요일은 어떠세요?"

"그럼 토요일에 뵙지요."

"아, 마들렌, 토요일에 당신은 다브랑슈 대공부인과 저녁 약속이 있다는 사실을 잊은 모양이네요."

"할 수 없죠. 안 갈 거예요."

"아, 부인. 저 때문에 그렇게 하실 수는 없습니다."

"그렇게 할 거예요! 파니 집에는 절대로 가지 않을 거예요. 처음부터 갈 생각이 전혀 없었다고요." 마들렌은 거의 이성을 잃으며 소리쳤다.

집으로 돌아온 마들렌은 천천히 옷을 벗으며 그날 저녁 있었던 일을 차례대로 떠올렸다. 르프레가 연주회의 2부를 그녀와 함께 보기를 거절했던 순간에 이르자 그녀는 수치심으로 얼굴이 붉어졌다. 사교계에서 생존하기 위한 가장 기본적인 불문율에 따르면 그녀는 이후 그 사람에게 절대적인 차가움을 유지했어야만 했다. 그러기는커녕 계단에서 세 번에 걸쳐 그를 초대하다니! 그녀는 화가 나서 도도하게 고개를 치켜들었다. 거울 속에 비친 자신의 아름다운 모습을 보며 그녀는 그가 자신을 사랑하게 될 것이라 확신했다. 그가 곧 떠나게 되어 그저 걱정이 되고 유감스러울 뿐, 그녀는 왜인지는 모르겠으나 그가 그녀에게 끌리는 자신의 마음을 감추고 있다고 상상했다. 그는 머잖아 그녀에게 어쩌면 편지로 고백을 할 것이고, 틀림없이 출발을 미룰 것이며, 그녀와 함께 떠날 것이다……. 하지만 어떻게……? 그에 대해 생각하면 안 되었다. 다만 그녀는 자신의 얼굴에 가까이 다가오는 사랑에 빠진 그의 잘생긴 얼굴이, 자신에게 용서를 구하는 그의 모습이 떠올랐다. "나쁜 사람!" 그녀가 말했다.

그런데 그는 아직 그녀를 사랑하지 않는 것은 아닐까? 그녀와 사랑에 빠지기 전에 그는 떠날 것이다. 슬픔에 잠겨 그녀는 고개를 떨궜다. 그녀의 시선이 드레스에 장식된 시든 꽃들의 한층 더 생기 없는 시선과 마주쳤다. 그 꽃들의 시선은 힘없는 눈꺼풀 아래에서 당장이라도 울음을 터뜨릴 듯했다. 그에 대한 짧게 끝난 무의식적 몽상, 만약 정말 실현된다면 그것이 지속되는 동안의 짧은 행복은 그녀의 심장 위에서 점점 시들다가 마침내 떨어지는 꽃들이 상징하는 슬픔과 연결되었다. 그 꽃들은 첫 사랑과 첫 수치심과 첫 괴로움으로 고동치는 그녀의 심장을 그대로 느꼈던 것이다.

이튿날, 그녀는 보통 신선한 장미의 영광으로 충만하고 빛나는 자신의 방에 그날만큼은 다른 어떤 꽃도 가져오길 원하지 않았다.

그녀의 방에 들어왔을 때 로랑스 부인은 본연의 아름다움을 잃은 채 완전히 져버린 카틀레야가 꽂혀 있는 화병 앞에서 걸음을 멈췄다.

"아니, 마들렌! 그토록 꽃을 좋아하는 당신이 무슨 말인가요?"

"오늘이야말로 제가 그 꽃들을 진정으로 좋아하는 것 같아요." 마들렌은 이렇게 답하려다 그만두었다. 왜 그런지 설명하는 것도 번거로웠고, 자신이 경험하고 있는 실재와는 전혀 다른 실재를 살고 있는 사람에게 그것을 이해시킬 수 없음을 느꼈다.

그녀는 그저 친구의 나무람에 다정한 미소로 답할 수밖에 없었다. 이 새로운 삶을 다른 사람들은 물론이고, 르프레조차 전혀 알고 있지 못하다는 생각은 그녀에게 자부심으로 뜻밖의 즐거움을 주었다. 우편물이 도착했다. 르프레의 편지가 보이지 않자 그녀는 낙담하여 어깨가 처졌다. 그제야 희망할 수 있는 아주 작은 요소조차 없음에도 그녀가 느낀 터무니없는 실망감과 그것의 강도 높은 잔인함과 진정성 사이는 얼마나 거리가 먼지 가늠하면서, 그녀는 자신이 단순히 객관적인 사건과 사물로 이루어진 삶을 살기를 멈췄음을 깨달았다. 이제 그 끝을 가늠할 수 없는 거짓의 장막이 그녀의 눈앞에 펼쳐지기 시작했다. 그녀는 그 장막을 통해서만 세상을 보게 될 것이고, 특히 르프레와 관련한 것들은 그가 느끼는 것처럼, 그가 느끼는 것과 똑같이 경험하기를 원했다.

그럼에도 실낱같은 희망이 그가 거짓말을 하고 있는 것은 아닌지, 그가 무관심한 척하는 것은 아닌지 의심하게 했다. 모든 이들의 공통된 의견에 따르면 그녀야말로 파리에서 가장 아름다운 여인 중 한 명이며, 그녀의 지성과 재치, 우아함, 사교계에서의 높은 평판은 모두 그녀의 아름다움을 한층 더 빛나게 하지 않던가! 르프레에 관해서는 그 또한 지적이며 섬세하고 굉장히 상냥하며 뛰어난 가문의 자제임에는 의심의 여지가 없지만, 사교계에서는 그다지 인기가 없었고 여자들 사이에서 큰 성공을 거두지 못했다. 그녀가 그에게 보이는 관

심은 뭔가 믿기 어렵고 예상치 못한 것이리라. 그녀는
스스로도 놀랐고 또 희망을 가졌다.

2

비록 마들렌이 르프레에게 온 관심과 애정을 쏟은 것
은 사실이지만, 그럼에도 그녀는 생각하기를 멈추진 않
았다. 그에 대한 그녀의 평가는 다른 모든 사람들의 도
움으로 한층 강화됐다. 그가 특별히 불쾌감을 주지는
않지만 하루에도 여러 차례 그녀를 방문하는 뛰어난 남
자들보다 못하다는 데는 공감했다. 그런 남자들은 4년
전 구브르 후작이 세상을 떠난 후 혼자 남은 그녀의 삶
에 가장 뛰어난 장식품이 되어주었다.

마들렌은 그를 그토록 특별한 존재로 만드는, 설명할
수 없는 호감을 느끼는 것은 사실이지만 그가 다른 남
자들을 따라갈 수 없다는 사실도 알았다. 그녀가 느끼
는 사랑의 원인은 그녀에게, 그리고 어느 정도는 그에
게 있었다. 하지만 그가 지적으로 뛰어나서도, 미남이
어서도 아니었다. 그를 사랑하기 때문에 다른 누구보다
도 그의 얼굴, 미소, 행동이 그녀에게 호감을 일으키는

것이지, 그의 얼굴, 미소, 행동이 호감을 일으키기 때문에 그를 사랑하는 것이 아니다. 그녀는 더 잘생기고 더 매력적인 남자들이 있다는 사실을 알고 있었고, 실제로 그런 남자들을 알고 있었다.

토요일 저녁 8시 15분에 르프레가 마들렌의 집 거실에 들어왔을 때, 그는 추호의 의심도 하지 않은 채 가장 상냥한 친구이면서 동시에 가장 민첩한 적을 마주하게 되었다. 그녀의 아름다움은 그를 정복하기 위해서 무장한 상태였으며 그녀의 정신은 그를 판단하기 위해 마찬가지로 단단히 준비되어 있었다. 가시 돋친 꽃을 따는 것처럼 그녀는 그에 대한 자신의 우스꽝스러울 정도로 비정상적인 사랑에 그가 얼마나 어울리지 않는지를 확인하는 즐거움을 만끽할 만반의 태세를 갖추고 있었다. 조심성 때문은 아니었다! 그녀는 자신이 다시금 마술 그물에 걸릴 수 있다고 생각했고, 르프레와 함께 있는 동안에는 자신의 예리한 비판 정신이 그물 끈을 잘라버리더라도 그가 떠나자마자 그녀의 상상력은 재차 그것을 열심히 고칠 것이라는 사실도 알았다.

실제로 그가 들어오자 그녀는 갑자기 진정되었다. 그에게 손을 내밀 때는 마치 그에게서 모든 권한을 빼앗는 것 같았다. 그는 더 이상 꿈속의 횡포하고 절대적인 군주가 아닌 그저 다정한 방문객에 불과했다. 두 사람은 대화를 나누었고, 모든 방지책이 무너졌다. 그녀는 그의 세심한 선함에서, 그의 공평한 정신에서 비록 완전하지는 않더라도 적어도 자신의 사랑을 어느 정도 정당화하는 이유를 보았다. 그 안에는 실재에 상응하는 무엇이, 그 뿌리를 뻗고 삶을 지탱시키는 무엇이 있었다. 또 그는 생각했던 것보다 훨씬 미남이었으며, 섬세하고 우아한 루이 13세의 초상을 떠올리게 했다.

그때부터 그 시기의 초상화와 관계된 모든 예술 작품에 대한 기억이 그에 대한 생각과 연결되어 새로운 존재감을 갖게 되었다. 이제 그녀의 사랑은 미적 취향의 영역에 편입되었다. 그녀는 그를 닮은 한 젊은 청년의 초상화를 담은 사진을 암스테르담에서 보내도록 주문했다.

며칠 후 그녀는 그를 만나게 되었다. 그의 어머니가 심하게 아파서 여행이 늦춰졌다. 그녀는 이제 식탁에 그를 떠올리게 하는 초상이 있다고 말했다. 그는 감동받은 듯했지만 차가웠다. 그녀는 크게 상처받았으나 자신이 그에게 관심 있다는 사실을 그가 즐기지는 않더라도 적어도 이해는 했다고 생각하며 스스로 위로했다. 그것조차 알아채지 못하는 무감한 남자를 사랑했다면 더 괴로웠을 것이다. 마음속으로 그의 무관심을 힐책하면서 자신을 짝사랑하는 남자들이 보고 싶어졌다. 여태까지 그들에게 무심하고 새침하게 대했으나 이제는 그들에게 새롭고도 따뜻한 연민을 보여주고 싶었고, 그것은 적어도 그녀가 그로부터 얻어내고 싶은 감정이기도 했다. 하지만 다른 남자들을 만나자 그들은 르프레가 아니라는 끔찍한 단점이 있었고, 보는 것만으로도 짜증이 일었다. 마들렌은 르프레에게 편지를 썼고, 그는 나흘간 답장을 하지 않았다. 그 후 그녀가 받은 편지는 다른 사람이었다면 상냥하다고 느꼈겠지만 그녀에게는 절망만을 안겨주었다. 그는 썼다.

"어머니가 나아지셨습니다. 저는 3주 뒤 출발합니다. 그때까지 일정이 꽉 차 있지만 당신에게는 한번 찾아가 인사드리겠습니다."

그녀가 도저히 낄 수 없도록 그의 일정을 꽉 채우는 그 무엇에 대한 질투일까? 아니면 그가 떠난다는 사실로 인한 괴로움, 그때까지 그녀를 하루에 열 번 보러 오게 만드는 욕망을 그가 느끼지 않고 그저 한 번만 올 것이란 사실로 인한 괴로움일까? 그녀는 집에 가만히 있을 수 없었다. 서둘러 모자를 쓰고 밖으로 나가 그의 집 방향으로 길을 따라갔다. 광장을 돌아 나가는 순간 기적적으로 다정함이 넘치는 미소를 띤 채 모든 것에 대한 설명을 담고 있는 시선으로 그녀를 바라보는 그가 나타날 수도 있을 거라는 터무니없는 희망을 품고 있었다. 한순간 그녀는 친구들과 유쾌하게 이야기하며 걸어오는 그를 알아봤다. 그녀는 갑자기 수치심을 느꼈고, 그를 찾아가던 중이었다는 사실을 그가 짐작할 것 같았다. 그녀는 서둘러 가게 안으로 들어갔다. 다음 며칠간 그녀는 더 이상 그를 찾아다니지 않았으며 그가 있을 수도 있는 모든 장소를 피함으로써 그에 대한 마지막 자부심과 스스로에 대한 마지막 자존심을 지켰다.

어느 날 아침, 마들렌은 튈르리 정원의 물가 옆 야외 테라스에 앉아 있었다. 그녀는 자신의 괴로움이 드넓은 지평선 위를 더욱 자유롭게 떠돌아다니고, 확장되고, 휴식을 취하고, 꽃을 따러 가고, 접시꽃과 분수와 기둥들과 함께 놀고, 오르세 구역을 떠나는 기병대 소속 군인들의 뒤를 쫓고, 센강의 물결을 따라가고, 창백한 하늘을 제비들과 함께 날아오르도록 내버려두었다. 그의 상냥한 편지가 그녀를 슬프게 한 지 5일째 되는 날이었다. 그때 그녀는 매일 아침 혼자 돌아다니도록 르프레가 풀어놓는 그의 하얀 푸들을 발견했다. 그녀는 그에 대해 언젠가는 누군가가 그 개를 데려갈 거라고 농담처

럼 말한 적이 있다. 개는 그녀를 알아보고 다가왔다. 닷
새 전부터 그를 보고 싶었던, 억눌렀던 마음이 단숨에
그녀를 사로잡았다. 이 동물을 안으며 그녀는 울음을
터뜨렸다. 온 힘을 다해 길게 입맞춤한 후 그녀는 가슴
에 있던 제비꽃 다발을 빼서 개의 목줄에 꽂은 후 가도
록 놔주었다.

이 같은 격렬한 감정을 표출하자 한층 진정되고 또
온화해지고 기분이 좋아진 그녀는 원망이 점점 옅어지
는 것을 느꼈다. 몸도 어느 정도 기운을 차려 약간의 즐
거움과 희망까지도 느꼈고 삶에, 행복에 의미를 찾게
되었다. 르프레는 17일 후면 출발한다. 그녀는 르프레
에게 더 일찍 답장하지 못해 미안하다며 내일 저녁식사
에 초대하는 편지를 쓴 뒤 오후를 편안한 마음으로 보
냈다.

그날 저녁 그녀는 시내 식당에서 식사를 했다. 그곳
은 남자들이 많이 찾는 곳인데, 르프레를 잘 아는 예술
가들과 운동을 즐기는 남자들도 있었다. 그에게 애인
이 있는지, 자신과 가까워지는 것을 막는 원인, 그의 믿
기 힘든 행동을 설명해줄 원인이 무엇인지 알고 싶었다.
그 여인이 누구인지 안다면 분명 그녀는 많이 괴롭겠지
만 적어도 이유를 알게 될 것이고, 어쩌면 자신의 미모

가 시간과 함께 그의 마음에서 마침내 승리를 거둘 것이라 기대할 수도 있을 터였다.

그녀는 당장 그들에게 이유를 묻겠다고 결심하며 집을 나섰으나 곧 겁을 먹고 감히 용기를 내지 못했다. 식당에 도착했을 때 끝까지 그녀를 이끈 것은 진실을 알고자 하는 마음보다 그에 대해 다른 사람들과 이야기를 해야만 하는 절실함, 그가 없는 장소에서 헛되이 그를 떠올리는 그 씁쓸한 매력이었다. 저녁식사 후 그녀는 옆에 있던 두 남자에게 물었다. 대화는 상당히 자유롭게 이어졌다.

"그런데 두 분은 르프레를 잘 아시나요?"

"우린 상당히 오래전부터 그를 거의 매일 봐왔지만 그렇다고 아주 가깝지는 않습니다."

"매력적인 사람이지요?"

"매력적인 사람입니다."

"그렇다면 제게 말해줄 수 있겠네요……. 그렇다고 일부러 지나치게 그에 대해 좋게 말할 필요는 없어요. 이건 저한테 중요한 일이거든요. 제가 정말 아끼는 젊은 아가씨가 한 명 있는데, 그 애가 르프레에게 약간 마음이 있는 것 같아요. 그분이 결혼 상대로 염두에 두어도 정말 괜찮은 사람인지 알고 싶은 거예요."

두 사람은 순간 당황한 채 대답하지 못했다.

"그렇다고는 할 수 없습니다."

마들렌은 남아 있는 용기를 짜내어 빨리 끝내버리고 싶은 듯 내뱉었다.

"그에게 오래된 애인이 있나요?"

"아닙니다. 그래도 그렇다고는 할 수 없어요."

"제발 속 시원히 말 좀 해보세요. 제발요."

"안 됩니다."

"그래도 그 아가씨에게 말해주는 게 좋지 않을까요? 그녀가 더 나쁜 것이나 완전히 말도 안 되는 걸 상상할 수도 있으니."

"그렇다면 할 수 없죠. 그걸 말한다고 해서 우리가 르프레에게 해를 끼친다고 생각하지는 않습니다. 우선 절대 아무에게도 말하지 않겠다고 맹세하셔야 합니다. 어차피 파리 사람이라면 누구나 아는 사실이고, 또 결혼을 하기에는 그가 너무 정직하고 섬세해서 절대 하지 않긴 하겠지만요. 르프레는 매력적인 청년이지만 못된 취향이 있습니다. 그는 진창에서 건져낸 타락한 여인들을 좋아합니다. 그런 여자들에 완전히 미쳐 있죠. 가끔 도시 외곽이나 교외 거리에서 밤을 새기도 하는데 거의 목숨을 내놓고 다니는 셈입니다. 그런 여자들에 완전히 미쳐 있을 뿐 아니라 오로지 그런 여자들만을 상대합니다. 사교계의 가장 훌륭하고 이상적인 젊은 아가씨는 완전히 그의 관심 밖입니다. 전혀 아무 관심이 없습니다. 그의 쾌락과 호기심을 끄는 것은 다른 세계에 있지요. 그를 잘 모르던 사람들은 예전에 그의 훌륭한 성품이라면 위대한 사랑에 빠지는 순간 그런 세계에서 벗어날 것이라 말하곤 했었죠. 하지만 그러기 위해서는 위대한 사랑의 감정을 느껴야 하는데 그 자체가 그에겐 불가능합니다. 그의 아버지도 그랬었죠. 만약 르프레의 아들이 그런 성향을 물려받지 않는다면 그것은 오로지 그에게는 아들이 없을 것이기 때문입니다."

다음 날 저녁 8시, 르프레가 거실에 도착했다고 알림이 왔다. 그녀도 거실로 갔다. 창문은 열려 있었고, 램프는 아직 불을 밝히지 않았다. 그는 발코니에서 기다리고 있었다. 그들로부터 그리 멀지 않은 곳에 정원에 둘러싸인 채 저녁의 부드럽고도 은은한, 동양적이며 종교적인 빛에 감싸여 있는 몇몇 집들의 모습이 마치 예루살렘 같았다. 귀하면서도 어루만지는 빛은 그것이 닿는 모든 사물에 완전히 새롭고 가슴 뭉클한 아름다움을 부여했다. 어두워진 거리 한가운데 서 있는 밝은 수레는 그보다 조금 더 먼 곳에서 마지막 빛줄기를 여전히 받고 있는 나뭇잎이 달린 밤나무의 어둠 깔린 밑동만큼 애처로웠다. 대로 끝에는 저무는 해가 천상의 황금과 초록색으로 장식된 개선문처럼 영광스럽게 몸을 굽히고 있었다. 옆집 창문에는 친숙한 장엄함을 띤 얼굴들이 책을 읽고 있었다. 르프레에게 다가가자 체념하여 되찾았다고 믿었던 마음의 안정이 다시 흔들리고 그녀의 마음은 더욱 요동쳤다. 그녀는 울음을 터뜨리지 않기 위해 온 힘을 다했다.

그날 저녁 따라 그는 특히 더 멋졌고 매력적이었으며 여태까지 그녀에게 보이지 않았던 특별한 다정함까지 갖췄다. 두 사람은 진지한 대화를 나눴고, 그녀는 처음으로 그에게 높은 수준의 지성미가 있음을 발견했다. 사교계에서 그가 인기가 없는 이유는 그가 추구하는 진리가 재기발랄한 사람들의 한정된 시각적 지평선보다 위에 머물고, 고귀한 영혼들의 진리는 지상에서는 우스꽝스러운 오류로 치부되기 때문이었다. 높은 산봉우리에 태양이 눈부신 빛을 비추는 것처럼 그의 선량함은 진리에 시적인 매력을 더했다. 그가 너무나 다정하고, 그녀가 보여준 호의에 진심으로 감사하는 마음을 드러내자 그녀는 그에 대한 감정이 지금보다 더 강렬했던 적이 없다고 느꼈고, 사랑을 되돌려받기를 이미 포기했지만 그와 순전히 우정에 바탕을 둔 친밀감을 나눌 수 있지 않을까 하는 희망이 갑자기 생겼다. 그렇게 되면 매일 그와 만날 수도 있는 것이다. 그녀는 기대에 부풀어 자신의 계획을 그에게 알렸다. 하지만 그는 다른 일정으로 정말 바쁘고, 보름에 하루 이상을 비우기가 어렵다고 반복할 뿐이었다. 그녀가 그를 사랑한다는 사실을 그가 알기만 원했다면 그녀는 이미 그가 충분히 알수 있도록 말했다. 그토록 수줍음 많은 그일지라도 그녀에게 조금이라도 마음이 있었다면 아주 적게나마 호의적인 말을 했을 것이다. 그녀는 집요하게 그를 관찰하고 있었기 때문에 그가 조금이라도 그런 내색을 했다면 당장 알아채고, 상당히 만족했을 것이다. 그녀는 계속해서 바쁜 일정이나 밀린 일들에 대해 말하는 르프레를 막으려 했다가 하늘 아래 펼쳐진 드넓은 지평선보다도 더 먼 곳에 있는 듯한 상대의 가슴 깊은 곳으로 갑자기 시선을 옮겼고, 이내 자신이 하는 말이 헛됨을 깨달았다. 그녀는 순간 입을 다물었다가 다시 말을 이었다.

"네, 당신이 매우 바쁘다는 사실을 잘 알겠어요."

저녁 끝 무렵, 그가 일어나면서 말했다.

"작별인사를 드리러 와도 될까요?"

그녀는 부드럽게 대꾸했다.

"아니에요. 제가 시간이 안 될 것 같으니 우리 여기서 헤어지기로 해요."

그녀는 그가 무슨 말이라도 하길 기다렸다. 그가 침묵을 지키자 그녀가 말했다.

"안녕히!"

그녀는 편지를 기다렸지만 헛된 일이었다. 그러다 그녀는 그에게 편지를 썼다. 솔직해져야겠다고, 그녀가 그에게 호감이 있는 것처럼 보였을 수도 있지만 그건 사실이 아니라고, 그녀의 경솔했던 제안처럼 그를 자주 만나고 싶은 마음은 없다고도 했다.

그러자 그가 답장을 보내 자신은 그녀로부터 우정 이상의 감정은 상상도 하지 않았으며, 그녀를 자주 방문함으로써 귀찮게 할 생각은 조금도 없었다고도 했다.

이번에 그녀는 그를 사랑한다고, 그 외에는 아무도 사랑하지 않을 거라고 썼다. 그는 그녀가 농담하는 거라고 답했다.

그녀는 그에게 편지 쓰기를 멈췄다. 하지만 그 전에 그에 대한 생각을 멈춘 것은 아니다. 그러나 그것조차 멈추게 됐다. 2년 뒤, 혼자 지내기에 부담이 커지자 그녀는 모르타뉴 공작과 결혼했다. 훌륭한 외모와 지성을 갖췄던 그는 마들렌이 사망할 때까지, 즉 40년도 더 넘

게 그녀의 삶을 명예와 애정으로 충족시켰고, 그녀 또
한 그것에 무감각하지 않았다.

———————

1896년

밤이 오기 전에

사랑하는 이들에게 어려운 말을 해야 할 때 최대한 부드럽게 말함으로써 상대방이 조금이라도 더 견디기 쉽게 하려는 이의 말씨로 그녀가 말했다.

"아직 기운이 남아 있기는 하지만 당신도 아시다시피 나는 죽음이 당장 내일이라도 찾아올 수 있는 상태예요. 하지만 또 몇 달 더 살 수도 있는 노릇이지요. 양심을 무겁게 짓누르는 이 짐을 더 이상 지고 있을 수가 없네요. 내 이야기를 다 듣고 나면 당신은 내가 이 말을 하기 얼마나 힘들었을지 이해할 거예요."

상징으로 가득한 파란 꽃송이 같은 그녀의 눈동자는 시드는 듯 색이 바랬다. 나는 그녀가 울 것이라 생각했으나 그런 일은 일어나지 않았다.

"내가 죽은 뒤 가장 친한 친구가 나에 대해 좋은 생각을 간직할 거라는 희망을 의도적으로 파괴하고, 나와 관련된 추억을 퇴색시키고, 완전히 꺾어버리는 게 매우 슬픈 건 사실이에요. 추억 속에서 나는 더 아름답고 더 조화로울 수 있을 텐데 말이죠. 하지만 미학적으로 어떻게 기억되고자 하는 나의 바람이 나를 말하게끔 밀어붙이는 진리의 절대적 요구를 억제할 수는 없습니다. 들어보세요, 레슬리. 나는 말해야만 합니다. 하지만 그 전에 내 외투를 건네주겠어요? 테라스에 있자니 좀 춥네요. 그리고 의사는 내가 불필요하게 일어서는 것을 금했어요."

나는 그녀에게 외투를 건넸다. 해는 이미 졌고, 사과나무들 사이로 보이는 바다는 옅은 보랏빛이었다. 시들어버린 가벼운 화관, 혹은 후회처럼 고집스러운 파란색, 분홍색 작은 구름들이 수평선 위를 수놓았다. 우수에 젖은 백양목의 행렬이 머리를 성당의 장미 무늬 스테인드글라스 쪽으로 기울인 채 그림자 속으로 빨려 들어가고 있었다. 마지막 빛줄기는 나무 밑동에 닿지 못하고 그저 줄기 부분에 간신히 매달려 빛의 장식 줄을 형성했다. 산들바람은 바다와 젖은 잎들과 소의 젖 세 향기를 섞어놓았다. 노르망디의 시골이 저녁의 애수를 이처럼 감미로운 향락으로 감싼 적이 없었으나 나는 친구의 불길한 말 때문에 걱정되어 그것을 즐길 여유가 없었다.

"당신을 많이 좋아했지만, 당신에게 준 것은 없었지요."

"프랑수아즈, 침묵하며 조용히 들어 마땅할 당신의 '고백'에 따르는 그런 문학적 규칙을 무시한 채 내가 멈추는 거라면 용서하세요." 나는 슬픔을 감춘 채 그녀를 진정시키기 위해 농담조로 말하려 애썼다. "내게 준 것이 없다고요? 내가 당신에게 요구하지 않을수록 당신은 내게 더 많이 주었어요. 우리의 우정에 감성이 작지 않은 자리를 차지하는 만큼 당신이 내게 준 것은 실제로 더 많습니다. 성모 마리아처럼 초자연적이며, 보모처럼 온화한 당신을 저는 사모했고, 당신은 저를 얼러주었지요. 당신을 향한 육체적 쾌락에 대한 기대로부터 자유로웠기에 저는 더욱더 당신을 사모했습니다. 그 대가로 당신은 제게 둘도 없는 우정을, 훌륭한 차를, 흥미로운 대화를, 그 얼마나 풍성한 장미꽃들을 주었던가요? 오로지 당신만이 어머니와 같은 애정 가득한 손길로 불덩이 같은 제 이마를 식혀주었고, 마른 입술 사이에 단물을 떠먹여 주었고, 제 삶을 고귀함으로 채워주었습니다. 그러니 친구여, 제발 어리석은 고백은 거두세요. 대신 내가 입 맞출 수 있도록 당신 손을 주세요. 밖은 추우니 안에 들어가 다른 이야기를 해요."

"레슬리, 가여운 사람. 그래도 내 말을 들어야만 해요. 내가 스무 살에 남편을 잃고, 이후 정말로 계속……."

"물론이죠. 저는 그것에 관여할 위치에 있지 않습니다. 당신은 그 어떤 생명체보다 우월해서 당신의 약점은 다른 이들의 선한 행동에조차 없는 고귀함과 아름다움을 띨 정도입니다. 당신은 옳다고 생각한 대로 행동한 것이고, 당신의 그러한 행동은 오로지 아름답고 순수한 것들뿐이었다고 믿어 의심치 않습니다."

"순수하다고요! 레슬리, 당신의 신뢰는 나를 미리 나무라는 것처럼 들리네요. 당신께 어떻게 말해야 할지요……. 가령 제가 당신을 사랑한다거나, 아니면 다른 아무 남자를 사랑하는 것보다 더 나쁜 거예요."

내 얼굴은 흰 내의처럼 하얘졌다. 나는 그녀와 마찬가지로 창백해졌는데 행여나 그녀가 알아챌까 봐 떨림을 멈추며 웃으려 애썼고, 나 자신이 무슨 말을 하는지도 모른 채 같은 말을 되풀이했다. "하! 아무 남자라고요? 정말 독특하시다니까요!"

"더 나쁜 거라 말했지요, 레슬리. 이런 중요한 순간인데 뭐가 뭔지 하나도 모르겠어요. 저녁에는 사물을 한층 차분하게 보게 되지만, 저는 여전히 잘 보지 못해요. 제 삶에 너무나 거대한 먹구름이 껴 있어요. 제 양심 깊은 곳에 그것이 최악이 아니라는 일말의 믿음이라도 있다면 그것을 당신께 말하는 것이 왜 이토록 수치스러울까요?"

"그토록 최악인가요?"

나는 이해할 수가 없었다. 하지만 감출 수 없는 두려움에 사로잡혀 악몽을 꾸는 것처럼 온몸이 떨리기 시작했다. 어느새 어둠과 공포로 꽉 찬 가로수 길을 바라볼 용기도, 그렇다고 눈을 감을 용기도 없었다. 슬픔에 짓눌려 점점 더 아래로 내려가던 그녀의 목소리가 순간 갑자기 밝아지더니 완전히 힘을 되찾은 듯 내게 말했다.

"내 가여운 친구 도로시가 지금은 이름이 기억나지 않는 어느 여자 가수와 함께 있다가 들켰던 일 기억하세요? (나는 그녀가 갑자기 주제를 바꿔 마음이 놓였고, 그녀가 원래 하려던 이야기를 잊었기를 바랐다) 그때 당신은 우리가 그녀를 비난할 수 없다고 두둔하셨지요. 난 당신이 했던 말을 그대로 기억해요. 정의를 저버리는 대신 독배를 든 소크라테스인데(그는 남자지만 결국 마찬가지 아니겠어요?) 그는 자신이 가장 선호했던 친구들이 즐기던 습관을 흔쾌히 인정했지요. 우리가 감히 어떻게 그것을 비난할 수 있겠어요. 인류의 존속을 위해 필수적이고 가족과 사회의 임무이기도 한 고귀한 생산적인 사랑이 단순히 쾌락적인 사랑보다 우월하다는 사실은 인정하더라도, 그렇다면 비생산적인 사랑들만을 놓고 본다면 그것들은 모두 동등하지 않나요? 그러니까 한 여인이 남자가 아닌 동성에게 매력을 느낀다고 해서 특별히 더 타락하지는 않았다는 말이에요. 그런 사랑은 신경의 변질에 절대적 이유를 찾아볼 수 있어요. 도덕적 기준이 끼어들 자리가 없는 것이죠. 대부분의 사람들이 빨간색이라 여기는 사물을 빨간색으로 본다고 해서 그것을 보라색으로 보는 사람들이 틀렸다고 할 수는 없습니다. 더해서 쾌락을 미학적 경지까지 끌어올린다면 여성의 신체와 남성의 신체는 모두 동등하게 아름다운데, 예술가의 기질이 다분한 여성이라면 같은 여성에게 사랑을 느끼지 못할 이유가 없는 것이죠. 진정한 예술성이 있는 사람에게 상대방의 육체에 대한 매력이나 혐오감을 결정짓게 하는 것은 오로지 미학적 기준뿐입니다. 대부분의 사람들은 해파리를 보면 혐오감을 느끼며 피하지요. 반면 미슐레는 해파리의 신비한 색깔에 매료되어 그것들을 모았습니다. 전 원래 굴을 싫어했는데 어느 순간 굴의 향이 그것이 거쳤을 바다에서의 여정을 떠올리게 된 순간부터, 특히 제가 바다에서 먼 지방에 있을 때면 아주 특별한 진미로 여겨졌습니다. 이렇듯 개인의 신체적 특성, 그리고 촉감이나 미각, 그 외 기타 감각이 느끼는 쾌감 등은 우리의 미적 취향이 뿌리를 내린 곳에 마찬가지로 둥지를 틀었다고 할 수 있지요. 이런 논거는 그런 종류의 사랑에 육체적으로 취약한 여성이 자신의 막연한 호기심을 인지할 수 있도록 도울 수 있다고 생각하지 않나요? 마치 로댕의 작은 조각상들이 혐오감을 극복하고 미적 승리를 쟁취한 것처럼 말이죠."

내가 어떻게 소리를 지르지 않을 수 있었는지 모르겠다. 그제야 그녀의 고백의 의미가, 나를 짓누르던 책임감의 의미가 섬광처럼 밝혀졌다. 그 순간 나는 도저히 아무것도 생각할 수도, 할 수도 없던 상태였으나 나 자신보다 더 고귀한 무언가의 안내를 받은 듯 침착한 가면을 쓴 채 나도 모르게 이끌려 말했다. "다시 한번 말씀드리지만 저는 그런 여성들을 비난할 마음이 전혀 없습니다. 솔직히 동정심조차 느끼지 않습니다."

그녀는 뜻 모를 모를 미소를 지은 채 따뜻한 고마움이 담긴 어조로 말했다. "관대하시군요." 그리고 그렇게 직접적으로 모든 것을 표현해서 곤란하기라도 한 듯, 주저하면서 나지막이 빠르게 덧붙였다. "사람들은 제가 눈치챌까 봐 조심했지만 제 몸에 박혀 있는 총알을 빼지 못했고, 그것으로 인해 내 병의 돌이킬 수 없는 근원이 된 그 총알을 대체 누가 쏘았는지 자못 궁금해했지요. 난 사람들이 그 총알의 존재를 끝까지 알지 못하길 바랐어요. 하지만 의사도 이제 희망이 없는 것 같고, 사람들이 계속해서 무고한 이들을 의심할 수 있으니 이제 고백해야 할 때가 온 것 같군요. 당신께는 진실을 말하고 싶어요." 그녀의 말이 내게 가져올 고통을, 그것을 말하는 방식으로 조금이라도 덜어주기 위해서 그녀는 자신의 임박한 죽음에 대해 말할 때부터 띤 온유함을 유지하며 이어갔다. "그것은 '살아 있는' 사람이라면 누구에게나 매우 자연스럽게 찾아오는 그런 절망의 순간들 중 하나에 놓여 있었을 때 나 자신이 쏘았던 거예요."

나는 다가가 그녀를 안아주고 싶었다. 하지만 그녀 쪽으로 몸을 향한 순간 저항할 수 없는 힘이 내 목을 짓눌렀고 눈물이 터져 나와 나는 흐느껴 울기 시작했다. 그녀는 내 눈물을 닦아주었고 조금 웃었으며 예전처럼 온갖 부드러운 말로 나를 위로했다. 그녀의 눈에서 자신, 그리고 나를 향한 거대한 연민이 뜨거운 눈물이 되어 흘러내렸다. 우리는 함께 울었다. 슬프면서 무한한 조화의 일치. 우리의 합체된 연민은 이제 우리 자신보다 거대한 대상을 향했고, 우리는 그것을 위해 마음껏 자유롭게 눈물을 흘릴 수 있었다. 나는 가여운 눈물로 흥건히 젖은 그녀의 두 손을 닦아주었다. 하지만 금방 다시 새로운 눈물로 젖어들었고 그녀는 한기를 느꼈다. 그녀의 손은 분수대에 떨어지는 창백한 나뭇잎처럼 차가워졌다. 우리는 그 순간만큼 그렇게 아파했던 적이, 또 좋았던 적이 없다.

————

1893년

추억_1

내게 문을 열어준, 금색 단추가 달린 갈색 제복을 입은 하인은 이어서 무명천 커튼으로 장식되고 전나무로 내벽을 두른 작은 거실로 나를 안내했다. 거실은 바다를 향해 있었다. 내가 들어섰을 때 한 젊은 청년이, 내 눈에는 상당히 잘생긴 청년이 자리에서 일어나 차갑게 인사하더니 다시 소파에 앉아 파이프 담배를 피우며 읽던 신문으로 시선을 돌렸다. 나는 그 자리에 어색하게 서서 여기서 어떤 응대를 받을지 우려스러웠다. 이렇게 여러 해가 지났는데 어쩌면 완전히 나를 잊었을지 모르는 집을 다시 방문한 것이 옳은 결정이었을까? 예전에 아무리 환영받고, 내 인생에서 가장 따스하고 행복한 시간을 보낸 곳이라 해도 말이다.

　집 둘레의 정원, 한쪽 끝에 있는 테라스, 집, 다양한 색이 입혀진 붉은 자기 벽돌로 이루어진 두 개의 작은 탑, 비가 오는 날이면 우리가 비를 피하던 긴 직사각형

현관, 좀 전에 나를 안내한 거실의 가구들까지. 변한 것
은 아무것도 없었다.

잠시 후 흰 수염의 노인이 들어왔다. 키가 매우 작고
등이 굽어 있었다. 그의 먼 시선은 무관심을 나타냈다.
나는 곧 그가 N임을 알아보았다. 하지만 그는 나를 전
혀 기억하지 못했다. 내 이름을 밝혔음에도 여전히 기
억해내지 못했다. 나는 당황하여 어쩔 줄 몰랐다. 우리
는 서로를 어색하게 쳐다보며 무슨 말을 해야 할지 몰
랐다. 그에게 내 기억을 떠올리게 하려 했으나 헛수고
였다. 그는 나를 완전히 잊은 것이다. 그에게 나는 이방
인이었다. 헤어지려는데 그 순간 갑자기 문이 열렸다.
열 살이나 열두 살 정도 되는 예쁜 여자아이가 맑은 목
소리로 말했다.

"오데트 언니가 아저씨가 도착했다고 내게 말했어
요. 언니를 보러 가시겠어요? 언니가 무척 좋아할 거예
요!"

나는 그 아이를 따라 함께 정원으로 내려왔다. 그곳
에는 두꺼운 스코틀랜드식 체크무늬 담요를 덮고 긴 의
자에 누워 있는 오데트가 있었다. 그녀는 너무 변해서
거의 알아볼 수 없을 정도였다. 얼굴선은 길어졌고 눈
밑은 거무스름한 그늘이 짙게 져서 두 눈은 창백한 얼

굴에 난 두 개의 구멍 같았다. 그토록 아름다웠던 그녀의 예전 모습은 온데간데없었다. 어느 정도 억지로 하는 듯 그녀는 내게 옆에 와 앉으라고 했다. 우리 둘뿐이었다. 잠시 후 그녀가 입을 열었다.

"이런 제 모습을 보게 되어 놀라셨지요? 병에 걸린 뒤부터 전 이렇게 누워 있을 수밖에 없었어요. 오로지 감정과 고통 속에서 살 뿐이지요. 저 끝없이 푸른 바다를 보는 건 정말 매력적이에요. 모래사장에 와서 부서지는 파도는 저를 슬픔에 빠지게 하는 생각들이고, 동시에 이제는 작별을 고해야 하는 희망들이에요. 저는 책을 많이 읽고 있어요. 시의 음악성은 가장 소중한 추억을 떠올리게도 하고 저를 황홀하게 만들지요. 이렇게 시간이 많이 흘렀는데 저를 기억해서 보러 와주다니 무척 친절하세요. 저를 정말 기분 좋게 만들어주었어요. 벌써 몸이 많이 나아진 것 같아요. 우린 예전에 더없이 좋은 친구였으니 제가 이렇게 말해도 언짢지 않으시지요? 우리가 바로 이 자리에서 테니스를 치곤 하던 것, 기억하세요? 그때 난 정말 재빨랐는데. 정말 명랑했었죠. 이제 전 재빠를 수도, 명랑할 수도 없어요. 밀물이 되어 바다가 멀어지면 저는 종종 우리 둘이서만 했던 긴 산책을 떠올리곤 해요. 제가 그때 조금만 덜 이기

적이거나 조금만 덜 못되게 굴었더라면 하고 후회하는 건 사실이지만, 당시의 추억은 지금까지도 저를 행복하게 해줘요. 이대로 포기할 수는 없어요. 가끔 저도 어쩔 수 없을 만큼 제 운명에 반항하고 싶어지죠. 전 혼자 외로워요. 얼마 전 어머니가 돌아가신 뒤로 외톨이가 됐어요. 아빠는 편찮으시고 저를 상대하기엔 너무 나이가 드셨어요. 오빠는 끔찍한 실연을 겪은 고통에서 벗어나지 못하고 있고요. 그 사건 이후 오빠는 완전히 혼자예요. 아무것도 오빠를 위로하거나 기분 좋게 하지 못하죠. 여동생은 너무 어리고 가능한 한 그 애가 행복하게 지내도록 내버려둬야겠지요."

내게 말하는 동안 그녀의 눈빛은 생기를 띠었다. 송장 같던 낯빛도 사라졌고 예전의 온화함이 감돌았다. 그녀는 아름다움을 되찾았다. 아, 그녀는 얼마나 아름다웠는지! 나는 그녀를 두 팔로 안고 싶었다. 그녀를 사랑한다고 말하고 싶었……. 우리는 오래 같이 머물렀다. 저녁이 되어 날이 쌀쌀해지자 하인은 그녀를 집 안으로 옮겼다. 이제 그녀와 헤어져야만 했다. 나는 눈물로 목이 메었다. 긴 복도를 지났고, 다시는 내 발 아래서 소리를 내지 않을 조약돌이 깔린 사랑스러운 정원도 지났다. 나는 바닷가로 나왔다. 거기엔 아무도 없었다. 나는 오

데트에 대한 생각에 잠겨 무관심하고 고요한 긴 해변을
따라 걸었다. 태양은 수평선 너머 사라졌지만 자줏빛 광
선으로 하늘을 여전히 물들이고 있었다.

피에르 드 투슈*
1891년

* 이 글을 《르 망쉬엘》에 발표했을 때 프루스트는 필명을 사용했다.

추억_2

윈터*에게

작년에 나는 T에 위치한 그랑 호텔에서 얼마간 머물렀다. 호텔은 바다를 바라보며 해변 끝부분에 위치해 있었다. 식당에서 풍기는 음식 냄새와 바다의 짠 내, 밋밋한 잿빛 벽을 가리며 이와 같은 '귀양살이'를 더욱 특별하게 만드는 호화롭게 단조로운 벽지 등은 모두 합세하여 나의 우울함을 더욱 부추겼다.

하루 종일 거의 폭풍에 가까운 거센 바람이 불어대던 어느 날, 복도를 따라 방으로 가던 나는 어디선가 나오는 황홀하고 진귀한 향기에 의해 그 자리에 못 박혔다. 그 향기가 무엇인지 알 수 없었지만, 다만 너무나 복합

---

* 막시밀리앵 윈터(1871-1935). 프루스트의 콩도르세 고등학교 친구. 철학자로 활동하며 1893년 『형이상학과 윤리 리뷰』를 창간한다. 프루스트는 이 글을 1893년 『백색지』에 발표할 때 윈터에게 헌사한다.

적이고 진한 꽃 향기여서 단 몇 방울의 진액을 얻기 위해서 드넓은 들판 전체의 꽃을 모조리 따버렸을 것이라 추측할 뿐이었다. 쾌감에 사로잡힌 나는 움직이지 않은 채 상당히 긴 시간 그 자리에 머물렀다.

향기가 새어 나왔을 것이라 추측되는 방의 작게 열린 문틈으로 내부가 얼핏 보였는데, 그것만으로도 그 방에서 머무는 사람의 뛰어난 취향을 알 수 있었다. 이토록 몰개성한 호텔에서 이 투숙객은 어떻게 그와 같은 순수한 예배당을 만들고, 섬세한 규방을 꾸미고, 향기로 가득한 상아탑을 빚을 수 있었을까? 내가 있던 복도에서는 보이지 않는 사람 발소리 때문에, 또 거의 종교적 숭배에 가까운 경외감으로 인해 나는 문을 더 열지 못했다. 그 순간 성난 바람이 제대로 닫히지 않는 복도의 창문 하나를 활짝 열어젖히며 바깥의 짠 내음이 거대하게 몰려와 진한 꽃향기를 희석시켜버렸지만 완전히 사라지게 하지는 못했다. 나는 그토록 가느다란 향기가 거대한 바람에 침투하여 기어코 자신의 흔적을 남기던 집요함을 결코 잊을 수가 없다. 복도에 밀어닥친 바람에 의해 방문이 닫혔고 나는 내 방으로 들어갔다. 이후 호텔 지배인에게 47호 투숙객들(뛰어난 개성의 소유자인 그들조차 다른 투숙객과 마찬가지로 번호가 있었다)의 신상에 관해

물었을 때 내가 알게 된 것은 가명임이 분명한 이름들 뿐이었다.

딱 한 번, 나는 약하고 낮은, 권위 있으면서도 부드러운 남자 목소리가 "바이올렛"이라고 부르는 것과, 놀랍도록 매력적인 여자 목소리가 "클라랜스"라고 답하는 것을 들었다. 내가 들은 것은 영국식 이름들이었지만 호텔 직원들에 따르면 그들이 보통 말할 때는 프랑스어를 ─ 전혀 악센트 없이 ─ 사용했다고 한다. 그들은 식사를 다른 방에서 했기에 나는 그들의 식사 모습을 볼 수 없었다. 단 한 번, 진정한 아름다움이 무엇인지 느끼게 한 여인이 사라지는 뒷모습을 볼 수 있었다. 그녀는 키가 컸고 얼굴은 돌린 채였는데, 갈색과 분홍빛 띠는 긴 모직 코트에 몸의 윤곽은 가려져 있었지만 그 자리를 떠나는 뒷모습만으로도 그녀의 놀라운 개성이 전해졌다.

며칠 후 문제의 방에서 떨어진 복도 끝 계단을 오르던 나는 다시 미약하지만 향기로운 냄새를 맡았고, 그것이 처음 맡았던 것과 같은 향기임을 단번에 알았다. 나는 향기가 나는 곳으로 향했고 방 앞에 거의 도착했을 때는 한 걸음 가까이 갈 때마다 그만큼씩 더 큰 진동을 울리는 파이프오르간처럼 휘몰아치는 향기의 반향에 정신을 못 차릴 정도였다. 짐이 빠진 그 방은 활짝 열린 방문 때문에 배가 갈린 것 같았다. 20여 개의 깨진 유리병이 바닥에 뒹굴고 있었고 타일 바닥은 흥건히 젖어 있었다.

"이 방 손님들은 오늘 아침에 떠났습니다." 바닥을 닦으며 호텔 직원이 말했다. "남은 향수를 아무도 쓰지 못하게 병들을 모두 깨버렸어요. 이곳에 머무는 동안 이것저것 사다 보니 가방에 향수병을 넣을 자리가 없었던 거지요. 정말 너무합니다."

나는 향수가 바닥에 몇 방울 남아 있는 병을 발견하고 얼른 그것을 집어 들었다. 미지의 여행자들이 알지 못한 채 그것은 아직까지 내 방을 가득 채우고 있다.

나의 평범한 삶에서 그때까지 무미건조함만으로 가득했던 세계가 갑자기 진귀한 향을 내뿜은 순간이 있었다. 그것은 다가올 사랑이 예고하는 혼란스러운 신호였다. 사랑은 장미와 샴페인을 한 아름 안은 채 고혹한 향기를 내뿜으며 매혹적인 모습으로 성큼 다가왔다. 사랑은 거대한 입김을 내뿜는 생각에도 스며들어 그것을 약화시키기는커녕 한층 풍요롭게 만들었다. 하지만 내가 사랑에 대해서 알게 된 사실은 무엇인가? 그것의 신비를 풀었던가? 그것의 슬픈 향기와 내음 외에 나는 무엇을 더 알게 되었던가? 어느새 사랑은 떠나버렸고 그 자리에 남겨진 깨진 병에서 향기는 한층 순수하게 뿜어져 나왔다. 그리고 그때의 희미한 방울 하나가 지금까지도 내 삶을 감싸고 있다.

———

1893년

노르망디의 것들

*"트루빌: 면 소재지. 주민 6,808명. 여름
성수기에는 1만 5,000명까지도 수용 가능."*
　　　　　　　　　　　　　　— 『조안 여행안내서』

폴 그륀바움*에게

　며칠 전부터 다시 맑아진 하늘 아래 고요해진 바다를 볼 수 있다. 시선 너머 그 사람의 영혼을 볼 수 있는 것처럼 말이다. 하지만 이제 9월 바다의 분노나 차분함을 즐기는 사람은 찾아볼 수 없다. 모두들 8월 말에 바다를 뒤로하고 시골 내륙으로 떠나버렸기 때문이다. 그렇게 하는 게 유행이니까. 나는 바닷가 근처나 트루빌 위쪽에 사는 사람들이 부럽다. 그래서 기회가 될 때마다 그들을 자주 방문하곤 한다. 가을을 노르망디에서 보낼 수 있는 사람들이 나는 정말 부럽다. 그들이 생각할 줄 알건, 느낄 줄 알건 상관없다. 한겨울에도 결코 완

　＊ 폴 그륀바움(1871-1969). 프루스트의 콩도르세 고등학교 및 대학교 친구. 법률학자이자 국가 참사관으로 활동했다. 프루스트는 1891년 《르 망쉬엘》에 이 글을 발표할 때 친구에게 헌사한다.

전히 차가워지지 않는 그곳의 땅은 초록색을 유지하고, 한 치의 빈틈 없이, 작은 언덕의 이면까지도 빽빽한 잔디로 덮였다. 김이 올라오는 따뜻한 차가 놓인 식탁이 자리 잡은 테라스에서는 "바다에 일렁이는 태양"*과 돛단배 ─ "떠나는 이들의 움직임, 여전히 희망하고 꿈꿀 수 있는 힘이 남아 있는 이들의 움직임"** ─ 를 볼 수 있다. 이 모든 식물들로 이루어진 평화롭고 고요한 곳에서는 온화한 바다, 혹은 폭풍우 치는 바다, 바람에 흰 갈기를 휘날리며 덤벼드는 사자처럼 맹렬한 파도 ─ 갈매기들과 거품의 왕관을 쓴 파도 ─ 를 볼 수 있다. 낮에는 보이지 않지만 달은 끌어당기는 시선으로 그것들을 혼란시키고 길들이다가 자극시키고 다시 얌전하게 만든다. 이 모든 것이 바다 위 하늘을 지배하는 왕자인 천체들이 멜랑콜리한 휴식을 즐기고 있을 때 달이 그들의 흥을 돋우기 위함이리라. 노르망디에 사는 사람은 이 모든 것을 볼 수 있다. 낮에 바닷가를 거닐 때면 인간의 영혼의 울림에 박자를 맞추는 듯 율동하는 바다의 소리를 들을 수도 있다. 이런 소리는 물질로부터 완전히 자

* 보들레르의 『악의 꽃』 중 「가을의 노래」에서.
** 보들레르의 『작은 산문시들』 중 「항구」에서.

66

유롭고, 묘사하려는 의도가 없다는 점에서 인간 세계에서는 음악에 해당한다. 바다의 소리는 야심차며 동시에 쇠약해진 의지의 단조로운 노래를 닮았다. 저녁이 되면 그 사람은 다시 그의 정원이 있는 언덕에 올라와 바다와 하나가 된 하늘을 바라본다. 가만히 응시하면 그 둘을 가르는 밝은 경계선을 볼 수는 있다. 그 선 위는 분명히 하늘이다. 수평선 위 창백한 창공이 있고 바다는 그 끝자락을 황금빛으로 물들이고 있다. 바로 그때 배 한 척이 거품을 일으키며 지나가는데, 마치 하늘 한가운데를 날아가는 것처럼 보인다. 달 밝은 밤이면 초원에서부터 올라오는 두꺼운 안개가 달빛을 받아 하얗게 빛나고, 들판은 신비한 마법에 걸려 눈에 덮인 호수나 목초지같이 보이기도 한다. 이처럼 프랑스에서 가장 풍요로운 이 시골은 무수한 목장, 소, 우유, 사과나무, 빽빽한 목초지를 자랑하며 주민들이 평화로이 잠들고 푸짐하게 먹을 수 있도록 해주고, 밤이면 신비함과 멜랑콜리로 치장한 채 드넓은 바다와 누가 더 아름다운지 경쟁한다. 몇몇 집들은 특별히 탐낼 만큼 매력적이다. 특히 바다에 포위되었으면서 동시에 바다로부터 보호받는 집들, 절벽 위에 솟은 우거진 숲 한 가운데, 혹은 잔디로 덮인 고원 지대에 위치한 집들—테헤란에서 튀어

나온 듯한 동양식이나 페르시아식 집들을 말하는 것이
아니라―노르망디 고유의 집들 말이다. 하긴 그 집들도
반은 노르망디, 반은 영국식이긴 하다. 그러한 집들의
빽빽하게 솟은 지붕은 시선을 교란시키고 윤곽선을 어
지럽히며, 폭이 넓은 창문은 너그러움과 친밀함을 풍기
고, 창문 밑 화단은 바깥쪽 계단과 뻗어 나온 복도에까
지 길게 늘어뜨린 꽃들로 가득하다. 이제 밤이 되었으
니 나는 바로 그런 집들 중 하나에 들어가 시인 가브리
엘 트라리외*의 『고해의 기도』를 백 번째 읽는다…….

1891년

---

  * 가브리엘 트라리외(1870-1940). 프루스트의 또 다른 콩도르세 고등학
교 친구로 극작가이자 시인, 소설가, 점성가로 활동했다. 『고해의 기도』는
1891년 출간된 시집으로 프루스트에게 헌사한 시도 포함되어 있다.

OOO 부인의 초상

니콜은 이탈리아의 고풍스러움과 북유럽 여인들의 신비함을 지녔다. 그녀는 북유럽 여인들의 금발, 호수에 비치는 투명한 하늘처럼 맑은 눈, 그리고 고귀한 자태를 지녔다. 하지만 동시에 진지한 나른함이 온몸에서 풍겨져 나왔는데, 남부 여인들의 시선을 가득 채우고 있는 토스카나의 뜨거운 태양을 받은 듯한 그녀는 긴 팔을 늘어뜨리고, 입술 한쪽 끝에 미묘한 움직임을 일으키고, 발걸음에 고유한 리듬감을 부여했다. 이렇듯 그녀를 감싸고 있는 아름다움은 경외감을 일으키기에 충분했다. 니콜의 매력은 단순히 두 기후와 두 민족의 장점이 합쳐 생겨난 것이라고 말하기에는 부족하다. 옆사람에게 즐거움을 주는 그녀의 기술은 자연스럽고 또 섬세해서 가히 완벽했는데, 이는 타고나기도 했지만 터득한 부분도 많았다. 그녀의 가슴을 장식하거나 그녀가 손에 든 작은 꽃, 상대의 기분을 맞추는 단순한 말, 별다른 의미 없는 작은 몸짓, 식탁에 안내받을 때 내미는 손의 움직임이 일으키는 감동은 뛰어난 예술작품이 주는 감동에 비견된다. 그녀 주변의 모든 것이 그녀가 입은 치마의 주름 속에서 감미로운 조화를 일으키며 흡수된다. 하지만 니콜은 자신이 불러일으키는 즐거움의 기술에 신경 쓰지 않는다. 천상의 행복을 약속하는 듯한 그녀의 시선이 누군가에게 멈추자마자 그녀는 아무렇지도 않게 그랬던 것만큼이나 또 아무렇지도 않게 거두어들인다. 그녀는 그저 모든 것이 최선이기를 바라고 자신이 어떤 영향을 끼치는지 알려고도 하지 않은 채 그저 그렇게 할 뿐이다. 그녀는 고결함을 추구하며 학자연하기에는 너무나 진실하다. 그녀에게는 미덕만을 생각하고 말하게 하는 천성적인 현명함이 있다고밖에 생각할 수 없다. 그녀의 매력은 신성함의 향기가 덧입혀져 한층 더 은은함을 풍겼다. 좋아하는 대상을 존경하는 경우는 드물다. 그러나 니콜의 풍요롭고 그윽한 아름다움에서, 그녀의 너그러운 자비심과 온 존재에서 발산하는 거대한 심성의 매력과 충만함을 느끼는 것은 귀한 경험이다.

———

1892년

II

미지의 발신자

"걸어서 오면 안 돼. 내가 마차를 준비시켜 놓을게. 밖은 너무 춥고, 네 병이 심해질 수 있잖아." 프랑수아즈 드 뤼크는 환자가 아닌 다른 친구에게 했더라면 별 의미 없었을 이 중요하지 않은 말을 조금 전 크리스티안을 데려다주며 했던 것을 친구를 떠나보낸 지금에야 후회했다. 벽난로 옆에 앉아 손과 발을 차례로 불길 앞에 놓으며 그녀는 자신을 괴롭히던 질문을 계속해서 던졌다. '크리스티안이 무기력의 질병에서 나을 수 있을까?' 하인이 아직 램프를 가져오기 전이어서 그녀는 어둠 속에 있었다. 하지만 그녀가 다시금 손을 난롯불에 가져다 대자 불길은 그 두 손의 자비로움과 아름다운 영혼을 비추었다. 이 속된 세계에 추방된 숙명을 받아들인 슬픈 여인들의 체념한 듯한 아름다움을 띤 그 손에서는 시선을 통해서만 표현되는 감정들을 읽을 수 있었다. 보통 그 손들은 힘없이 길게 축 처져 있었다. 하지만 그날 밤은 그것을 받치고 있는 가녀린 손목에 무리가 갈 정도로 두 손은 번뇌하는 꽃잎처럼 활짝 펼쳐져 있었다. 불길 앞에 내민 손잔등에 떨어지는 그녀의 눈물 한 방울 한 방울이 어둠 속에서 선명하게 보였다. 하인이 들어왔다. 서신 배달원이었다. 그는 편지 한 통을 내밀었는데 프랑수아즈가 알지 못하는 복잡한 글씨체였다. (그녀의 남편도 크리스티안을 좋아하긴 하지만 아내의 슬픔을 알아채고는 그녀를 진심으로 위로해주었기에 그가 갑자기 들어오면 자신이 울었다는 사실을 알게 될까 봐 어둠 속에서 눈물을 닦을 시간이 필요했다.) 그녀는 오 분 뒤에 램프를 가져오라고 말하고는 편지를 난롯불 앞으로 가져갔다. 몸을 숙여 편지에 더욱 가까이 다가가자 글씨를 읽을 수 있을 정도로 난롯불은 충분히 밝았다. 다음은 그녀가 읽은 편지다.

부인,

당신을 오래전부터 사랑했습니다. 하지만 이를 당신께 말할 수도, 말하지 않을 수도 없습니다. 용서하십시오. 당신의 지성과 특별한 영혼에 대해 막연히 전해 들은 것만으로 저는 지금까지 영위한 쓸쓸한 삶 이후에 온유함을, 질풍노도의 삶 이후에 평화를, 불안함과 어둠 이후에 빛에 이르는 길을 발견하리라는 확신을 갖게 되었습니다. 그리고 당신은 알지도 못한 채 제 영혼의 동반자가 되었습니다. 하지만 이것만으로는 충분하지 않습니다. 저는 당신의 몸을 원합니다. 그것을 갖지 못하기에 저는 절망과 광기 속에서 저 자신을 진정시키기 위해 이 편지를 씁니다. 조바심 속에서 누군가를 기다릴 때 종이를 구겨버리는 것처럼, 나무껍질에 이름을 새겨 넣는 것처럼, 바람을 맞으며 파도에 대고 이름을 부르짖는 것처럼 말입니다. 당신의 입술 끝을 제 입으로 살짝 들어 올릴 수만 있다면 제 목숨을 바칠 것입니다. 그에 대한 희망과 절망이 저를 불태워 버립니다. 당신이 제 편지를 받게 된다면 그것은 제가 이런 욕망에 휩싸여 있는 순간입니다. 당신은 너무나 선하십니다. 저를 가엾게 여기십시오. 당신을 소유하지 못해 저는 죽어가고 있습니다.

프랑수아즈가 이 편지를 다 읽었을 때 하인이 램프를 가지고 들어오자 흔들리는 불안정한 난롯불에 비춰 꿈결과도 같이 읽은 편지는 갑자기 현실감을 띠게 되었다. 램프의 은은하지만 확실하고 직접적인 빛은 주변의 물질과 존재에 따라 그녀에게 실재성을 각인시키며 현실과 꿈 사이에 자리 잡았던 애매한 어둠에서 벗어나게 했다. 처음에 프랑수아즈는 남편에게 이 편지를 보여주려 했다. 하지만 남편에게 쓸데없는 걱정거리를 안기는 것도 좋지 않고, 이 미지의 발신자에게도 그녀가 줄 수 있는 것이라고는 그가 잊기를 바라면서 침묵하는 것 말고는 없었기에 그 선택이 그에게 해줄 수 있는 최소한이었다. 하지만 다음 날 아침, 그녀는 마찬가지로 뒤틀린 글씨체의 다음 편지를 받았다.

오늘밤 9시, 당신 집에 가겠습니다. 적어도 당신을 보고 싶습니다.

프랑수아즈는 두려움을 느꼈다. 크리스티안은 건강을 위해 맑은 공기를 찾아 시골로 보름간 떠날 예정이었다. 그녀는 마침 그날 밤 남편이 외출하여 집을 비우게 되자 크리스티안에게 저녁식사에 초대하는 편지를 보냈다. 그녀는 하인들에게 크리스티안 외에는 절대 아무도 들여보내지 말고, 모든 겉창을 단단히 닫도록 일렀다. 크리스티안에게는 아무 말도 안 했지만 9시가 되자 머리가 아프다며 친구에게 자신의 방 쪽으로 문이 난 거실에 가 있으라고, 아무도 들여보내지 말라고 부탁했다. 그러고는 방에 들어가 무릎을 꿇은 채 기도했다. 9시 15분쯤 그녀는 기진맥진하여 럼주를 찾으러 식당으로 갔다. 식탁 위에는 다음과 같은 단어가 인쇄된 커다란 종이가 놓여 있었다.

왜 저를 만나려 하지 않나요? 당신을 정말 사랑할 텐데. 언젠가는 제가 당신께 맛보게 할 수 있었을 시간들을 그리워하게 될 것입니다. 당신을 보게 해달라고 이렇게 간청합니다. 하지만 당신이 명령한다면 당장 사라지겠습니다.

프랑수아즈는 극심한 두려움을 느꼈다. 순간 그녀는 하인들에게 무기를 들고 오라고 할까 생각했다. 이내 그녀는 그런 생각을 했다는 사실에 수치심을 느끼고 자신보다 그를 더 효과적으로 복종시킬 권위는 없다는 데 생각이 미치자 편지 아래에 다음과 같이 썼다.

당장 떠나세요. 명령입니다.

그녀는 도망치다시피 방에 들어가 기도대에 쓰러지듯 앉아 성모 마리아께 열렬히 빌었다. 삼십 분이 지났을 무렵 그녀는 자신의 부탁대로 거실에서 책을 읽던 크리스티안에게 갔다. 목이 탔던 그녀는 친구에게 식당에 같이 가달라고 청했다. 그녀는 온통 떨리는 몸을 크리스티안에게 의지한 채 부축을 받으며 가까스로 문을 열고 힘겹게 걸음을 옮겼다. 매 걸음마다 그녀는 한 발짝도 더 옮길 수 없을 것 같았고 그 자리에서 정신을 잃을 듯했다. 순간 그녀는 터져 나오는 비명을 막아야만 했다. 식탁 위에는 새로운 종이가 놓여 있었다.

복종하겠습니다. 더는 돌아오지 않겠습니다. 다시는 절 보지 못할 것입니다.

다행히 친구의 상태를 살피느라 크리스티안은 편지를 보지 못했고 프랑수아즈는 그것을 재빨리 집어 대수롭지 않은 듯 주머니에 미끄러뜨렸다.

"넌 내일 출발하니 일찍 돌아가야 하지." 그녀는 크리스티안에게 말했다. "안녕히. 내일 아침 어쩌면 너를 보러 가지 못할 수도 있어. 만약 날 보지 못하거든 내가 일어나지 못했다고 이해해줘." (의사들은 크리스티안이 격한 감정을 피하도록 배웅하는 것을 금지했다.)

하지만 자신의 상태를 파악하고 있던 크리스티안은

프랑수아즈가 왜 오지 않으려 하는지, 왜 작별인사를 금했는지 알고 있었으며 마지막까지 슬픔을 참으며 자신을 안심시키기 위해 차분함을 지키고 있는 프랑수아즈에게 울며 인사했다.

그날 밤 프랑수아즈는 잠을 이루지 못했다. "다시는 절 보지 못할 것입니다"라는 편지의 마지막 문장이 특히 그녀를 괴롭혔다. 다시는 보지 못할 것이라니, 그렇다면 이미 보았다는 말 아닌가. 그녀는 창문을 점검토록 했다. 겉창은 모두 굳게 닫혀 있었다. 그가 창문으로 들어오지는 않았던 것이다. 그렇다면 수위에게 뇌물을 준 것이다. 그녀는 당장 수위를 해고하고 싶었지만 금세 확신을 잃었다.

이튿날 크리스티안이 떠나거든 곧바로 소식을 알려달라고 한 프랑수아즈의 부탁으로 크리스티안의 주치의가 그녀를 방문했다. 의사는 친구의 병이 완전히 치료 불가능하다고 할 수는 없으나 갑자기 걷잡을 수 없이 악화될 수도 있으며 정확히 어떤 치료를 할 수 있는지 알 수 없다는 사실을 숨기지 않았다. 의사가 말했다.

"그녀가 결혼하지 않았다는 사실이 안타까울 따름입니다. 그 같은 삶만이 그녀의 무기력증에 활력소가 되어줄 텐데요. 무언가 완전히 새로운 기쁨만이 이런 만

성적인 상태를 바꿀 수 있을 겁니다."

"결혼이라고요!" 프랑수아즈가 외쳤다. "이렇게 병이 들어 있는데 대체 누가 그녀와 결혼하고 싶어 하겠어요?"

"애인이라도 두라지요." 의사가 말했다. "그 덕분에 병이 낫는다면 그녀는 그와 결혼하겠지요."

"끔찍한 말씀 좀 그만하세요." 프랑수아즈가 소리쳤다.

"끔찍한 말이 아닙니다." 의사가 슬픈 목소리로 답했다. "어느 여자라도 저런 상태에 놓이면, 그리고 그가 만약 처녀라면 완전히 다른 삶만이 그녀를 구할 수 있습니다. 이런 특별한 상황에서는 규범을 따지거나 주저하지 않아야 한다고 믿습니다. 내일 다시 부인을 뵈러 오겠습니다. 지금은 너무 바빠 이만 가야겠군요. 내일 다시 얘기하지요."

혼자 남은 프랑수아즈는 의사가 한 말에 대해 잠시 생각해보았으나, 곧 자신도 모르게 그녀를 보기 위해서는 그토록 대범하고 용감했으나 그녀의 명령에 따르기 위해서는 자제력과 온유함을 보여준 미지의 발신자로 생각이 옮겨갔다. 그녀에 대한 사랑으로 그토록 대범한 시도를 했다는 사실이 그녀를 전율케 했다. 이미 그녀는 대체 그가 누구일지 여러 차례 생각해보았고 지금은 그가 군인일 것이라는 데 생각이 멈췄다. 그녀는 언제나 군인들에게 매력을 느꼈었고 결혼의 맹세를 함으로써 더는 불태우기를 거부했던 열정과 정념이 이제 그녀의 몽상에 불을 지펴 정숙한 두 눈에 묘한 반사를 일으켰다. 예전에 그녀는 풀기 힘든 가죽 벨트를 하고, 저녁이면 허리춤에 검을 찬 채 거리를 활보하며, 긴 소파에서 애무를 나눌 때면 발끝에 달린 박차에 상대방의 허벅지가 찔릴 수도 있고, 태평하고 모험심과 감미로움으로 가득한 심장 박동이 전달되는 것을 막는 두꺼운 제복을 입은 그런 군인으로부터 사랑받기를 꿈꿨다.

비를 머금은 바람이 향기 가득한 꽃잎을 흐트러뜨리고, 지게 하고, 썩게 만드는 것처럼 친구의 불행에 생각이 미치자 이런 관능적인 생각은 눈물 속에 잠겨버렸다. 우리 영혼의 모습은 하늘만큼이나 시시각각 바뀐다. 우리의 불행한 삶은 그것이 감히 닻을 내리기를 두려워하는 관능미의 바다와 정박하기에는 벅찬 정숙함의 항구 사이에서 정처 없이 표류한다.

전보가 도착했다. 크리스티안의 건강이 악화되었다. 프랑수아즈는 출발하여 다음 날 칸에 도착했다. 의사는 크리스티안이 묵는 빌라에 프랑수아즈가 병문안 오는 것을 허락하지 않았다. 그만큼이나 쇠약해진 것이다. 의사가 말했다.

"부인, 저도 전혀 알지 못하는 당신 친구의 삶에 대해 제가 뭐라고 이야기하지는 않겠습니다. 하지만 저보다 그녀를 잘 알고 있는 당신께 이 말만은 해야겠습니다. 그녀의 마지막 순간을 짓누르는 그 괴로운 비밀이 무엇인지 짐작하는 데, 어쩌면 치료 방법을 찾는 데 도움이 될 수도 있을 테니 말입니다. 그녀는 끊임없이 어떤 작은 상자를 달라고 합니다. 그것을 가져다주면 사람들을 모두 나가게 하고 그 상자를 갖고 정말 긴 시간 방에 틀어박혀 지내지요. 하지만 그럴 때마다 마지막에는 신경 발작을 일으키며 쓰러집니다. 지금 그 상자가 여기 있습니다. 저는 감히 그것을 열어볼 수가 없습니다. 하지만 환자의 병세가 병세이니만큼, 또 언제 다시 악화될지 한 치 앞을 예측할 수 없는 상황이니 어쩌면 그 상자를 열어보는 것이 당신의 의무일 수도 있다는 생각이 어쩔 수 없이 드는군요. 그 안에 든 것이 모르핀은 아닌지 알 수 있을 겁니다. 환자의 몸에 주사를 사용한 자국은 없지만 그것을 마시는 방법도 있으니까요. 그렇다고 상자를 주지 않을 수는 없습니다. 거절할 경우 그녀의 상태가 정말 위험할 정도로 심각해질 수 있습니다. 그러니 적어도 환자에게 허락하는 것이 무엇인지는 알아야 하지 않겠습니까?"

프랑수아즈는 잠시 생각했다. 크리스티안은 그녀에게 애정 문제에 관해서는 마음을 털어놓은 적이 한 번도 없었는데, 그럴 만한 거리가 전혀 없었기 때문이다. 그 안에는 모르핀이나 다른 종류의 약이 있을 것이다. 그것이 무엇인지 의사는 당장 알아야 했다. 마침내 그녀는 약간 떨리는 마음으로 상자를 열었다. 처음에는 아무것도 발견하지 못했으나 곧 접힌 종이를 펼쳤고 그녀는 외마디 비명을 지르며 쓰러졌다. 의사가 달려왔다. 그녀는 잠시 정신을 잃었을 뿐이었다. 그녀의 손에서 떨어진 상자가 바닥에 나뒹굴었고 옆에는 펼쳐진 종이가 있었다. 의사는 그것을 읽었다. "당장 떠나세요. 명령입니다." 프랑수아즈는 금세 정신을 되찾았다. 그녀는 고통스럽고 격렬한 경련이 이는 것을 느꼈으나 이내 차분한 목소리로 의사에게 말했다.

"너무 긴장해서 아편을 봤다고 생각했지 뭐예요. 제가 정신이 어떻게 됐나 봐요. 크리스티안이 나을 수 있다고 생각하시나요?"

"그럴 수도, 아닐 수도 있습니다." 의사가 답했다. "그녀의 무기력증을 멈출 수만 있다면, 어쨌든 신체기

관이 손상된 것은 아니니 완전히 치유될 수도 있습니다. 하지만 대체 무엇이 그렇게 할 수 있을지 전혀 짐작이 안 가는군요. 그녀를 고통스럽게 하고 있는, 아마도 사랑과 관련된 게 분명한 그 무엇이 어떤 건지 알 수 없으니 답답할 뿐입니다. 그녀에게 위안과 도움이 될 수 있는 누군가가 만약 실제 존재한다면 그녀의 엄격한 정숙함을 희생해서라도 그자는 그렇게 해야 할 것입니다."

프랑수아즈는 즉시 전보를 보냈다. 다음 기차 편에 그녀의 고해 신부를 모시도록 한 것이다. 크리스티안은 그날 하루 종일, 그리고 밤새 잠든 상태로 지냈다. 그녀에게 프랑수아즈가 와 있다는 사실은 알리지 않았다. 다음 날 아침 크리스티안의 상태가 너무나 악화되고 쇠약해졌기에 의사는 마음의 준비를 시킨 후 프랑수아즈를 들여보냈다. 프랑수아즈는 가까이 다가와 놀라게 하지 않으려 그녀의 소식을 묻고 부드러운 위안의 말을 건넸다.

"난 너무나 약해졌어." 크리스티안이 말했다. "네 이마를 가까이해줘. 키스하고 싶어."

프랑수아즈는 본능적으로 흠칫했으나 다행히 크리스티안은 그것을 보지 못했다. 그녀는 재빨리 자신을 추스르고 친구의 두 뺨에 애정을 담아 길게 입 맞추었다. 크리스티안은 좀 나아진 듯했다. 생기를 되찾는 것 같았고 음식도 달라고 했다. 그때 프랑수아즈에게 방문 객이 왔다고 알림이 왔다. 그녀의 고해 신부인 트레브 사제가 도착했던 것이다. 그녀는 크리스티안이 아무 눈치도 채지 못하도록 신중하게 옆방으로 가서 사제와 이야기를 나누었다.

"신부님, 만약 어느 남자가 이미 다른 남자와 결혼한 여인에 대한 사랑으로 죽어가고 있다면, 그리고 그 남자는 고결하게도 그녀를 유혹하기 위한 그 어떤 시도도 하지 않았다면, 오로지 그녀의 사랑만이 그 남자를 임박한 불확실한 죽음으로부터 구할 수 있다면, 그녀가 사랑을 허락하는 것이 용서받을 수 있을까요?" 프랑수아즈는 단숨에 말했다.

"어떻게 당신 스스로 그 질문에 답을 찾지 못할 수가 있나요?" 신부가 말했다. "그것은 환자의 약함을 이용하여 그의 희생과 순수함을 더럽히고 무너뜨리고 방해하고 헛되게 하는 겁니다. 그가 죽는다면 그 죽음은 자체로 아름다운 것이며, 당신이 말한 대로 하는 것은 자신의 열정에 그토록 고귀하게 저항한 이가 신의 왕국에 들어가는 것을 막는 일입니다. 그 여자가 그렇게 하지 않았더라면 죽음뿐 아니라 사랑 너머 영광의 길로 들어

섰을 남자인데, 그에게 자신을 허락하는 것은 지나치게 자비로운 그녀에게도 타락만을 안길 것입니다."

그때 하인들이 프랑수아즈와 사제를 찾으러 왔다. 크리스티안이 임종을 앞두고 고해성사를 하고 죄를 사함받기를 원했다. 이튿날 크리스티안은 숨을 거두었다. 프랑수아즈는 더 이상 미지의 발신자로부터 편지를 받지 않았다.

어느 대위의 추억

나는 이 작은 마을 L에 하루를 보내기 위해 다시 돌아왔다. 그곳은 일 년간 내가 중위로 지냈던 곳이자 사랑 때문에 슬픔 가득한 떨림 없이는 다시 떠올릴 수 없는 장소들, 막사의 벽이나 그 앞 작은 정원 등 매우 소박하지만 시간이나 날씨, 계절에 따라 다양한 빛의 아름다움으로 장식된 장소들이 가득한 곳으로, 나는 이 모든 것들이 다시 보고 싶어 조바심이 났다. 그 장소들은 영원히 내 상상 속 작은 세계에서 거대한 감미로움과 아름다움에 감싸여 있다. 몇 개월간 완전히 잊고 지내다가도 마치 오르막길의 꼭대기에 다다르는 순간 노래하는 듯한 석양빛 속에서 마을, 성당, 작은 숲이 단번에 눈에 들어오는 것처럼 나는 그것들을 갑자기 알아보고는 했다. 친구들과 함께 저녁을 먹던 막사의 안뜰이나 작은 정원은 새벽이나 저녁, 마술을 부리는 빛의 황홀함에 감싸여 한층 매력적인 추억으로 간직되었다.

그곳에서는 빛이 아주 작은 부분들까지 환하게 비춰서 내게는 무엇보다 아름답게 보였다. 나의 외부에 존재하는 그 자체로 완전한 그 세계는 뜻밖에 놀랍도록 밝은 빛을 머금은 채 온유한 아름다움을 가진다. 나의 가슴, 그 시절 쾌활했던 나의 가슴은 지금의 나를 보며 슬퍼하면서도 또한 즐거워하며 한순간 나의 다른 가슴, 지금의 병약하고 건조한 가슴에 활기를 띠게 한다. 그때의 쾌활한 가슴은 햇빛이 가득한 그 정원에, 멀면서도 그토록 가까운, 그토록 이상하리만치 내게 가까운, 완전히 내 안이면서도 동시에 완전히 내 밖에, 결코 다시는 다다를 수 없는 막사의 안뜰에 있다. 노래하는 빛에 안긴 작은 마을에서 나는 태양이 가득한 거리를 채우는 맑은 종소리를 듣는다.

그러니까 나는 이 작은 마을 L에 하루를 보내기 위해 다시 돌아왔다……. 그리고 때때로 내 마음속에서 그것을 되찾곤 했던 것보다 덜 되찾았음에도 내가 염려하던 것보다 슬픔이 덜했다. 이미 나는 그 마을을 도처에서 상당히 덜 되찾게 되어 너무나 슬프고 간혹 절망적이기까지 했던 것이다……. 게으름이 무의식의 정령처럼 그것을 막는다 할지라도 우리는 절망에 빠질 수많은 기회를 맞는다. 나는 그 마을에서 사람들과 사물들로부터 거대한 우수를 되찾았다. 또한 무어라 설명할 수 없는 거대한 기쁨을 되찾기도 했는데 그것은 당시 내 삶을 완전히 공유한 두세 친구만이 공감할 수 있다.

어쨌든 내가 하고 싶은 이야기는 다음과 같다.

나는 저녁식사를 끝내고 바로 기차를 탈 수 있도록 그 전에 내가 깜빡 잊은 책들을 보내라는 명령을 담당 막사가 바뀐 이전 당번병에게 내리기 위해 갔다. 그는 마을의 반대편 다른 막사에 새로 배치되었던 것이다. 나는 인적이 매우 드문 거리에서 그를 만났다. 우리는 그의 새 연대 막사에 있는 작은 문앞, 저녁 빛으로 환한 거리에서 십여 분간 이야기를 나눴다. 그곳에는 표지석에 앉아 신문을 읽는 보초 하사가 한 명 있을 뿐이었다. 얼굴을 명확하게 떠올릴 수는 없지만 키가 크고 약간 말랐으며 눈과 입에는 감미롭도록 섬세하고 부드러운 무언가가 있었다. 완전히 신비로운 그의 매력은 나를 사로잡았고, 나는 내가 하는 말과 행동에 신경 쓰게 되었다. 그의 마음에 들고자, 그리고 그 의미의 관대함이나 자부심으로 그를 감탄시킬 만한 말을 하고자 애썼다. 내가 군복을 입지 않은 상태이며, 당번병과 이야기를 나누기 위해 타고 가던 마차를 멈춰 세웠다고 말하는 것을 잊었다는 사실이 떠올랐다. 하지만 보초 하사가 나의 동기이자 중위인 C백작이 그날 내게 자유롭게 쓰도록 내준 마차를 알아보지 못했을 리가 없다. 더구나 내 당번병은 대답 끝마다 "네, 대위님"을 덧붙였으니 그 하사는 내 계급을 확실히 알았을 것이다. 하지만 군인이 사복 차림의 사관에게, 적어도 같은 연대 소속이 아니라면 굳이 예를 갖출 필요는 없는 법이다.

　나는 하사가 내가 하는 말을 듣고 있다고 느꼈고, 그는 아름다운 두 눈을 들었다가 나와 시선이 마주치자 읽던 신문으로 거둬들였다. 나는 그가 나를 바라보기를 갈망하면서(왜?) 외알 안경을 꺼내 쓴 채 그가 있는 방향만은 피하면서 여기저기를 둘러보는 척했다. 시간은 흘렀고 떠날 때가 되었다. 더 이상 당번병과 지체할 시간이 없었다. 나는 하사를 의식하여 당번병에게 자부심이 깃든 정다운 작별인사를 한 후 표지석에 앉아 우리를 향해 그 아름다움 가득한 고요한 시선을 올린 하사를 한순간 바라보고 연한 미소를 띤 채 모자를 약간 들어 올려 가벼운 인사를 건넸다. 그는 완전히 일어나 군대식 규범이 요하는 바대로 나의 시선을 똑바로 마주한 채 오른손을 군모의 챙에 가져다 대며 경례했는데, 그 시선은 거대한 동요로 가득했다. 말을 출발시키며 나는 그에게 다시금 인사를 건넸다. 이번에는 아주 오래된 진정한 친구에게 하는, 두 눈과 미소에 애정을 가득 담아 보내는 인사였다. 나는 현실을 잊은 채 영혼처럼 모든 불가능한 것들이 폐기되는 미지의 왕국으로 우리를 안내하는, 신비한 마술에 걸린 것만 같은 마차를 타고 멀어져 가며 이미 모자를 벗은 머리를 그가 있던 방향으로 돌려 그가 보이지 않을 때까지 고정했다. 그는 여전히 경례 자세였다. 시간과 공간을 초월하는 우정 어린 두 시선, 이미 신뢰와 안정으로 이루어진 우정 가득한 두 시선이 교차했다.

그날 나는 슬픔에 잠겨 저녁식사를 했다. 이어 이틀간 그 형상은 꿈속에서 갑자기 나타나 나를 오한에 떨게 했고, 나는 불안함 속에서 시간을 보냈다. 물론 이후 나는 그를 다시는 보지 못했으며, 결코 다시 보지 못할 것이다. 하지만 이제는 당신도 알다시피 나는 그의 형상을 제대로 기억조차 하지 못하고, 그는 석양을 머금은 무언가 따스하고 황금빛이 어린, 그럼에도 완전히 알지 못하고 미완성이기에 약간 슬픈, 그저 감미로운 추억으로 기억될 뿐이다.

대화_1

로베르 드 플레르*에게

1

프랑수아즈: 파리에 혼자 계신다니, 그럼 우리 어디 가서 함께 저녁을 하기로 해요. (침묵) (목소리를 낮추며) 그다음 저희 집으로 가요. 특별히 좋아하는 장소가 있으세요?

앙리: 예전에 한번 점심식사를 했던 숲속 식당이 있어요. 상당히 매력적인 곳이죠. 그 식당에 가려면 나무가 우거진 길을 한참 지나야 하는데 나무들은 마치 길

---

* 로베르 드 플레르(1872-1927). 희곡 작가이자 오페라 대본 작가. 프루스트의 콩도르세 고등학교 친구이다.

을 내주려는 듯 약간 물러나 있습니다. 미소 띤 채 조용히, 약간은 당황한 듯 저희들끼리 서로 부대끼며 지나가는 사람들을 앞서거니 뒤서거니 안내하죠. 넓은 잔디밭 가운데에는 너도밤나무가 몇 그루 모여 있습니다. 자리 잡고 있는 모습이 마치 나무들 스스로가 그곳을 선택한 것 같아요. 그 자리가 마음에 드는 것처럼 보이죠. 안쪽에는 약간 정신없어 보이는 느릅나무 한 그루가 있는데, 그 나무는 바람이 가져오는 별 대수롭지 않은 소식에도 얼마나 소란을 떠는지 끝이 나지 않을 지경입니다. 그래서 대체로 아무도 그 나무를 상관하지 않지요. 그냥 거기에 혼자 있습니다. 그 앞쪽에는 호수가 있습니다. 호수 안에 가지를 넣고 끊임없이 흔들어대는 버드나무 한 그루도 볼 수 있는데 그 모습이 마치 떨지 않고는 일 분도 버틸 수 없는 환자 같지요.

프랑수아즈: (무심히) 멋지겠는걸요.

앙리: 그래요. 근데 그게 끝이 아닙니다. 하지만 이미 당신에겐 충분한 것 같군요.

프랑수아즈: 시적인 장소 같아요.

앙리: 소설적인 장소에 더 가깝지요.

프랑수아즈: 그렇다면…… (침묵) 우리에게 잘 맞겠어요.

앙리: (슬프게) 지나치게 잘 맞지요. 어떤 장소들 중에는 마치 행복을 위해 존재하는 듯한 곳이 있습니다. 그곳에서는 모든 것이 행복을 환영할 준비를 하고 있는 것 같지요. 아름다움은 인내심 있게 기다리고, 침묵은 조용히 관찰하며, 고독은 안전하게 숨을 장소를 제공하고, 우정은 세심하게 보살펴줍니다. 그런 장소에 가면 행복을 갈구하는 마음이 그 어떤 장소에 있을 때보다 더 커지지요. 또한 그곳에서보다 더 자신이 불행하다고 느끼는 곳도 없습니다.

프랑수아즈: 당신이 하는 말을 듣고 있으니, 왠지 저를 칭찬하는 말은 아닌 것 같네요.

앙리: 압니다. 하지만 당신 옆에 있을 때 제가 얼마나 즐거운지도 아시지요. 당신과 함께 행복을 느끼지 못한다면, 그것은 제가 다른 어떤 사람과도 — 앞으로 한동안

은 — 행복할 수 없다는 말이겠지요. 그리고 또 그곳은 그녀가 자주 가던 장소였어요.

프랑수아즈: 당신과 함께?

앙리: 아뇨. 이 남자, 저 남자와 함께. (침묵) 하지만 상관없습니다. 함께 갑시다. 내일 8시 반에 날 데리러 와요.

프랑수아즈: 8시 반에 만나면 자정 전에 집에 돌아오기에는 너무 늦어요. 요즘 제가 있는 건물에 세 들어 사는 사람이 저 혼자뿐이고, 또 수위가 일찍 불을 다 끈다고요.

앙리: 당신 집에 돌아갈 필요도 없을 거예요. 숲에 작은 정자가 하나 있는데 거의 아무도 안 찾는 곳이에요. 호수를 바라보는 방에서 저녁식사를 하기로 하지요. 어둠이 깔리기 전에 호숫가의 수국들이 얼마나 은은하면서도 대담한 색을 띠는지, 또 얼마나 어둠에 대항해 용감히 싸우는지 볼 수 있을 겁니다. 완전한 어둠이 깔리면 불안하고 어두운 물 위를 그보다는 덜 어두운 그림

자를 드리우며 말없이 지나가는 백조들을 겨우 알아볼 수 있지요. 그때가 되면 우리는 원하는 대로 뭐든지 할 수 있어요. 아무도 와서 방해하는 사람이 없을 겁니다.

프랑수아즈: 당신 말이 무척 아름답게 들리네요. 당신이 무기력증에 조금만 덜 시달렸다면 정말 아름다운 작품을 쓸 수 있을 텐데요.

앙리: (괴로워하며) 아름답다고요? 제발 그 말만은 하지 마세요! 그렇지 않다는 사실을 저도 압니다.

프랑수아즈: 당신을 비난하는 게 아니에요. 당신이 하는 말이 왜 아름답지 않다고 여기시나요?

앙리: 그녀에게는 결코 아름다운 말들을 하지 못했기 때문입니다. 그러니 이해하시겠지요? 그녀에 대한 후회가 없도록 이제 저는 아무에게도 더 이상 아름다운 말을 하지 않을 겁니다.

프랑수아즈: 왜 그녀에게는 그렇게 하지 않았나요?

앙리: 그녀를 사랑했기 때문에, 그리고 그녀가 지적이지 않았기 때문이죠.

프랑수아즈: 저도 지적이지 않기는 마찬가진데요.

앙리: 당신은 중요하지 않기 때문에 상관없습니다.

프랑수아즈: 당신 정말 못됐어요.

앙리: 원하신다면 착하게 굴 수도 있습니다.

프랑수아즈: (침묵) 그건 싫어요.

2
숲속 정자에서

프랑수아즈: 대체 무슨 일이에요? 즐겁지 않았나요?

앙리: (슬픈 듯) 그럴 리가요.

프랑수아즈: 도착했을 때 당신은 들뜬 목소리로 "아! 얼마나 지루할지!"라고 말은 하면서 표정은 즐거워 보였어요. 그리고 이제 즐거운 시간을 실컷 갖고 나서 슬픈 얼굴이라니요! 하긴 당신은 즐거우면서도 슬퍼 보이기도 했어요. 그런데도 나한테 지루했다고는 감히 말하지 못하네요.

앙리: 그래요.

프랑수아즈: 당신은 얼마나 서두르던지 잠시도 기다리지 못하는 것 같았어요. 웨이터가 야채샐러드를 가져왔을 때, "우린 샐러드를 먹지 않을 테니 도로 가져가요. 그리고 내가 부를 때까지는 오지 않도록." 이렇게 말했죠. 웨이터가 그래도 당신에게 맛보기를 권하자 당신은 정말 폭발하기 직전이었어요. 마치 시내 근사한 식당에 서둘러 가야 하는데 무언가 방해거리가 나타나 화를 내는 것처럼 말이에요. 내가 하는 말이 맞나요?

앙리: 모두 맞습니다.

프랑수아즈: 왜 그런 거죠?

앙리: 당신에게 설명할 수가 없어요. 아니, 할 수도 있을 것 같습니다. 이곳에서 그녀는 즐거워했어요. 아시겠어요? 그래서 그 사실을 떠올리면 지금 나 자신이 즐거워하는 것을 받아들일 수 없는 겁니다. 그렇게 생각하면 이제 저는 어떤 것도 즐겁지가 않아요. 난 그녀가 이곳에 자주 온다는 사실을 알고 있었어요. 만약 내가 여기 오지 않으려 결심했다면, "여긴 시시한 곳이야" 이렇게 말했겠죠. 그랬다면 그녀가 여기 자주 왔을 사실을 떠올리며 신경 쓸 필요가 없었겠죠. 그리 재미난 곳이 아니라고, 질투할 필요가 없다고⋯⋯. 프랑수아즈, 조금 전 당신과 함께 정말 즐거웠어요. 정말로. 아! 하지만 이와 같은 강렬한 감정을 그녀가 다른 이들과 함께 느꼈을 것이라 생각하면! 그러면 제가 느낀 즐거움보다는 괴로움이 더 커집니다.

프랑수아즈: 훨씬 더 크다고요? 좀 솔직해지세요.

앙리: 아니, 동일하지요. 아니, 그것도 아니라 더 작다고 해야죠. 다시금 즐길 테니까요. 그러니 프랑수아즈, 아시겠어요? 우리는 우리의 즐거움을 선택하면서 동시에 고통을 스스로 결정합니다. 고통은 즐거움의 이

면에 불과하기 때문이죠. 만약 즐거움이 무엇인지 경험하지 못했다면 질투도 몰랐을 겁니다. 질투한다는 것은 사랑하는 여인이 다른 이와 나누는 즐거움을 상상하는 것이기 때문이죠. 타인의 삶을 상상하기 위해 우리는 그들에게 우리네 삶을 투영합니다. 그렇게 해도 성자들은 선하기 때문에 불행하지 않죠. 하지만 프랑수아즈, 안심하세요. 내 고통이 당신을 불편하게 한다지만 아무리 큰 고통이라도 끝나게 마련이니까요. 작년에 내가 당신 곁에 가지도 못했던 것에 비하면 나도 많은 발전을 하지 않았나요?

프랑수아즈: 정말 큰 발전을 한 건 맞아요. 대단히 기쁘긴 하지만 여전히 제게 키스하는 건 거부하시잖아요.

앙리: 아! 그건 정말 하기 힘들 것 같군요. 키스를 하는 건 제가 완전히 극복한 후가 되겠죠.

프랑수아즈: 그렇게 하는 게 왜 그토록 힘들다고 느끼시죠?

앙리: 키스를 할 때 우리는 좀 더 차분해지고, 생각할

수 있게 되죠. 키스라는 감각에 우리는 지나치게 많은 추억을 연관시키게 됩니다. 그에 비해 다른 행위는 어느 정도 맹목적으로 하게 되죠. 그녀와 함께 했던 다른 것들은 기억조차 나지 않습니다. 나중에 내가 그녀에게 키스할 때에도 이미 한참 전에 우리 관계는 끝났어요. (그는 괴로워 보인다.)

프랑수아즈: 그녀가 다른 사람을 사랑한다고 대체 누가 그러는데요? 그냥 온갖 소문에 불과할 수도 있잖아요. 솔직히 난 믿지 않아요.

앙리: 친절하시군요.

프랑수아즈: 그녀는 당신을 사랑했잖아요. 지금도 사랑한다고요.

앙리: 당신은 정말 관대하세요. (그는 창가로 다가가 달빛을 바라본다.)

프랑수아즈: 당신은 달빛을 잘 아시죠. 그에 대해 정말 아름다운 글들을 썼잖아요.

앙리: 달빛도 저를 조금은 알게 된 것 같아요. 제 고통을 이토록 오래 봐왔으니까요. (그의 눈가가 촉촉이 젖는다.)

프랑수아즈: 이곳에 있는 게 당신을 괴롭게 한다면 이제 그만 떠나요.

앙리: 이곳은 날 아프게 하지 않아요. 악의가 날 아프게 하죠. 우정은, 그것이 사람의 것이 아니라도 날 따뜻하게 해요. 예전에 종종 그녀를 헛되이 기다리며 밤을 지새운 다음 날이면 나는 해가 이미 높이 뜬 발코니에 나가곤 했어요. 그럴 때면 내 마음속 깊은 곳까지 고통으로 얼어붙어 있었고, 그런 내 어깨 위로 태양은 따스한 외투를 걸쳐주었지요. 그러면 나는 그것을 더 잘 느끼기 위해 눈을 꼭 감았고 태양은 빛나는 손길로 내 눈을 어루만져 주었어요. 나는 그저 눈물로 태양의 선물에 고마움을 표할 수 있을 뿐이었습니다.

프랑수아즈: 자, 이제 그만 가요. 밤이 너무 늦었어요. 당신은 언제쯤 그녀를 사랑하기를 멈출 수 있을 것 같나요?

앙리: 다른 여인을 사랑하게 될 때. 새 군주가 등장하기 전에는 여전히 옛 군주의 이름에 복종하게 되는 법입니다. 스스로가 그러지 않기를 바라는데도 말입니다.

프랑수아즈: 그렇다면 당신이 다른 여인을 사랑하게 될 때는 언제죠?

앙리: 전 지금 준비가 되었어요. 하지만 전적으로 나한테만 달려 있는 게 아니에요. 그녀한테도 달려 있는 겁니다.

프랑수아즈: (오해하며) 저한테요.

앙리: 아, 아뇨!

프랑수아즈: 누구한테 달렸다고요?

앙리: 이름을 밝힐 수는 없습니다. 이름을 기억하고 있는 것 같지가 않습니다.

알레고리

초원의 한쪽에는 너무나 다양한 꽃들이 무성하게 자라나는 곳이 있었고 사람들은 그곳을 정원이라 불렀다. 매일 정원은 아름다움이 주는 즐거움과 좋은 향 내음으로 조금씩 더 피어났다. 그러던 어느 밤, 사나운 폭풍우가 그곳을 뒤흔들어 놓더니 꽃을 모조리 앗아 갔다. 억수같이 퍼부은 비는 깊게 생채기 난 땅마저 얼려버렸다. 그 땅이 사랑한 모든 것들이 사라졌고, 심장으로부터 뿌리째 뽑혀 나갔다. 이제 땅은 자포자기 상태가 되었지만, 한도를 알 수 없는 추위와 정신없이 퍼붓는 비는 그 끝을 알 수가 없었다. 바람까지 합세하여 흙을 성큼 들어 올려 날려버렸다. 곧 마지막까지 저항하던 표층마저 발가벗겨지자 바람은 더 이상 영향을 줄 수 없었고 그것을 통과할 수 없었던 빗물은 그 위에 갇혀버렸다. 그럼에도 비는 계속해서 퍼부어 약탈당한 정원을 눈물로 메웠다. 비는 아침까지 계속되다가 마침내 그쳤다. 이제 정원은 흙탕물로 뒤덮인 황폐해진 들판에 지나지 않았다. 하지만 5시경 마침내 모두 안정을 찾자 정원은 자신을 덮은 물이 고요해지고 맑아졌으며 형용할 수 없는 황홀감에 빠진 것을 느꼈다. 분홍과 파랑의, 숭고하면서도 허약한 천상의 오후가 정원의 침대 위에서 쉬었다. 물은 그것을 덮지도, 방해하지도 않았지만 그것의 슬프면서도 먼 시선은 한층 사랑으로 가득했고 눈부신 아름다움은 그보다 더할 수 없을 만큼 충만해졌다. 그때부터 광활한 하늘의 풍경을 좋아하는 사람들은 하늘이 연못에 비치는 모습을 보러 종종 이곳을 찾았다.

모든 꽃들이 꺾이고 완전히 피폐해졌을지라도 눈물로 가득하여 하늘을 투영할 수 있는 가슴은 행복하다.

이방인 자크 르펠드

나는 파시로 이사 가면서 자크 르펠드가 살던 퐁데 자르를 떠난 후 한 번도 그를 보지 못했다. 지난 8월 말, 집으로 돌아오기 위해 밤 9시쯤 불로뉴 숲을 지날 때 그랑 호수로 가는 자크 르펠드를 보았다. 그도 나를 알아보았는데, 즉시 고개를 돌리더니 서둘러 걸음을 옮기는 것이었다. 곧 그의 모습이 다시 보였다. 만약 그의 『에세이』를 읽었다면 당신은 그의 깊은 영혼과 독창적인 상상력을 알고 있을 것이다. 하지만 그의 애정 어린 상냥함을 알지 못하는 사람이라면 그 순간 그가 내게 화가 났다고는 전혀 생각지 않고 단지 그에게 급한 약속이 있겠거니 생각한 나를 이해할 수 없을 것이다. 그다음 날들도 맑은 날씨가 이어졌고, 나는 걸어서 집에 돌아왔다. 그때마다 매일 자크 르펠드를 보았고, 매일 그는 나를 피했다. 마르그리트 여왕 골목길을 돌자 천천히 서성이던 그가 다시 보였다. 그는 마치 누군가를 기다리는 것처럼 여기저기 둘러보고, 사랑에 빠진 사람처럼 하늘을 향해 고개를 들기도 했다.

나흘째 되는 날 나는 자크의 한 친구와 함께 푸이야 식당에서 점심을 했는데 그가 말하기를 자크가 댄서였던 기기와 헤어졌을 때 자살을 시도하기도 했는데, 그 이후로 다시 여자를 사랑하는 일은 하지 않겠다고 결심했다는 것이다. 그 말을 듣고 웃은 나를 당신은 이해할 수 있을 것이다. 그다음 날들에는 자크를 보지 못했다. 그러던 어느 날 나는 《르 골루아》 신문에서 다음 글을 읽었다. "젊고 유명한 작가인 자크 르펠드가 내일 브르타뉴로 떠나 그곳에서 여러 달을 머물 예정임." 바로 그 날 나는 그를 생라자르 기차역 근처에서 보았다. 10월까지는 그를 볼 수 없을 거란 생각에 그를 멈춰 세우자 그가 말했다.

"죄송합니다만 저는 오늘 밤 9시에 떠납니다. 그리고 저녁식사를 하기 전에는 불로뉴 숲에 가보고 싶습니다. 그리고 바로 기차를 타러 돌아와야 합니다……."

나는 그의 말에 놀라지 않았고, 그에게 말했다.

"마차를 타면 더 빠를 텐데요."

"그럴 수 없는 것이, 제게는 20프랑밖에 남아 있지 않습니다."

꼬치꼬치 캐묻고 싶지는 않았지만 나는 다음과 같이 말할 수밖에 없었다.

"제가 태워드릴 수도 있습니다. 당신이 원하는 장소에 내려드리지요."

"그렇게 해주신다면 기꺼이 함께 가죠." 그는 기쁘면서도 당황한 듯 말했다. "하지만 호수 입구 앞에서 저를 내려주시겠어요? 그 이후부턴 혼자 있고 싶습니다."

그는 호수 입구에서 내렸고 내가 탄 자동차는 멀어졌다. 하지만 나는 그가 누구에게 작별인사를 하러 온 것인지, 나란히 난 골목길에 숨어 그 여인을 몰래 보고 싶은 마음에 저항할 수 없었다. 시간이 흘렀으나 그 어떤 여인도 오지 않았다. 자크는 머리를 숙인 채 호숫가를 따라 걸었고, 이따금 고개를 들어 우거진 숲을 보다가 다시 물길로 시선을 돌렸다. 그는 때로는 빨리, 때로는 천천히 걸음을 옮겼다. 삼십여 분이 지나 그가 다시 모습을 보였을 때 그는 헛되이 기다린 연인의 실망스러운 표정이 아니라 당당하고 힘찬 모습이었다. 나는 이해가 되지 않았다. 한동안 그에 대해 골똘히 생각하기도 했으나 곧 잊었다.

작년에 파리로 발령을 받고 온 친구 L이 뤽상부르 공원 한편에 있는 호텔에 한 달간 머물게 되어 나는 매일 그를 만나러 갔다. 어느 날 그를 방문하고 나오는 길에 그 이후 한 번도 보지 못했던 자크 르펠드와 마주쳤다. 그는 나와 만난 것이 기쁘지 않은 듯했다. 그는 서둘러 자리를 피했고 나는 언짢은 기분으로 돌아왔다. 이튿날 같은 시간에 그를 다시 만났다. 그는 나를 피하려 했지만 이번에 나는 그를 멈춰 세웠다. 하루 종일 끼었던 먹구름에서 마침내 비가 쏟아지기 시작했고, 우리는 잠시 비를 피하기 위해 뤽상부르 박물관에 들어갔다.

"당신과 함께 불로뉴 숲에 간 날 이후로 전혀 뵐 수가 없었군요. 크게 결례가 되지 않는다면 그곳에 가서 무엇을 했는지 알 수 있을까요?"

자크는 수줍음이 많았다. 그는 약간 얼굴을 붉히며 부드러운 미소를 띤 채 말했다.

"제가 완전히 어리석게 보일 테지만 말씀드리지요. 호숫가 섬의 작은 별장에 두 번째로 저녁을 먹으러 갔던 날, 저는 큰 슬픔에 잠겨 있었습니다. 숲속의 그 호수는 예전에 한 번도 제게 특별한 느낌을 주지 못했었습니다만 그날만큼은 너무나 아름답게 느껴졌습니다. 다음 날 저는 호숫가를 다시 찾아갈 수밖에 없었습니다. 이후 보름간 저는 완전히 호수와 사랑에 빠져 보냈습니다. 아는 사람들을 만나지 않기 위해 산책하는 동안 무던히도 애썼습니다. 혼자가 아닌 경우에는 그것이 제게 아무 말도 않더군요. 당신이 저를 그곳에 데려다준 날은 제가 떠나는 날이었습니다. 호수를 다시 보지 않고는 도저히 떠날 수가 없었습니다. 그리고 파리를 출발하기 전에 그해의 결론을 내려야 했습니다. 그해를 다시 붙잡고, 이해하고, 판단할 힘을 내기 위해서는 그토록 아름다운 물가 옆에서 느꼈던 우수에 찬 감동만이 필요했습니다. 그날 밤은 백조들과 거룻배들 ─ 풀밭과 꽃들 사이의 땅에서부터 풀려난, 석양이 깔린 직후에는 특히 더욱 강렬한 실재감으로 다가오는 거룻배들 ─ 사이를 하늘이 힘없이 흐르며 지나갔습니다. 옆 사공에게 노를 맡긴 채 거룻배 바닥에 누운 젊은 사공과도 같이 제 영혼은 때로는 빠르게, 때로는 천천히 움직이며 마법에 걸린 물, 이미 밤기운을 받아 서늘해지고 빛이 반짝이는 물의 더없이 감미롭고 영광에 가득한 표면을 경쾌하게 이동했습니다. 물에 닿는 공기는 너무나 감미로웠지요. 영혼은 어떻게 보면 공기와도 같지 않은가요? 그 앞에 얼마나 넓은 공간을 제시하건, 그것은 즉시 그 공간을 채웁니다. 그리고 그것이 사람이건 지나치게 가까이 놓인 벽이건 상대방에 의해 활동이 중단된 영혼은 이내 기쁨과 영광과 자유가 넘쳐 무한대의 공간으로 확장되고, 아찔하고 우수에 찬 속도로 물과 시간을 거슬러 올라옵니다.”

"다시 한번 당신을 그곳에 데려다 드릴 수 있을까요?" 나는 그에게 물었다. 나는······ (중단)

저승에서

켈뤼스가 지나간다. 삼손은 지나가는 그림자 둘을 멈춰 세우고 켈뤼스를 가리킨다.*

삼손: 저에게 저분을 소개시켜 주는 영광을 허락하시겠습니까?

그림자 하나: 누구를 먼저 소개해야 하지?

다른 그림자: 켈뤼스에게 삼손을 소개하지. 켈뤼스의 신분이 더 높으니.

삼손: 제게 소개해야 하지 않겠습니까? 제가 연장자

* 여기에 등장하는 '삼손'은 구약 성서 속 괴력의 장사로 유명한 삼손이며, '켈뤼스'는 16세기 동성애자로 소문이 났던 프랑스의 왕 앙리 3세의 애신이었던 켈뤼스 백작이다.

인데.

첫째 그림자: 이쪽은 켈뤼스라고 합니다. 켈뤼스 백작입니다. 삼손 씨입니다.

켈뤼스: 선생님, 제 생전에 선생님에 관해 많은 이야기를 들었습니다.

삼손: 시간상 그 반대가 될 수는 없었겠지요. 만약 그랬다면 제가 포로 신세였을 때 당신에 관한 자료를 모으며 시간을 보냈을 겁니다. 당신은 정말 제게 흥미를 불러일으킵니다. 게다가 저는 이미 말하지 않았습니까. "여자에게는 고모라가 있을 것이고, 남자에게는 소돔이 있을 것이다. 멀리서 서로에게 화난 눈길을 던지며 각각은 자신의 쪽에서 죽을 것이다."

켈뤼스는 동의하며 우아한 사교계 신사처럼 가볍게 고개를 끄덕인다.

삼손: 아, 당신이 옳았습니다. 저를 포함해서 모든 이들이 당신처럼 생각했더라면 델릴라도 훨씬 인간답게

행동했을 텐데요. 그렇다고 제가 남자아이들이 동성끼리 즐기는 그런 유희에 동의하는 이유가 저 자신을 세련된 사람으로 보이게 하기 위해서는 아닙니다. 동물보다도 못한 인간, 암고양이의 괴상한 변종, 독사와 장미의 중간 단계이며 모든 생각의 고리를 끊어버리고, 우정과 감탄, 헌신과 숭배를 파괴하는 근원인 여자들을 우리로부터 멀리 추방하는 것은 남자의 의무입니다. 당신과 당신의 동류들 덕분에 사랑은 더 이상 우리를 친구들로부터 격리시키고, 그들과 철학을 논하는 것을 막는 질병이 아니게 되었습니다. 반대로 그것은 우정을 더욱 풍성하게 즐기는 방법이자 서로의 충성심과 남성성을 한층 더 꽃피우는 것에 대한 귀한 대가가 되었지요. 그것은 고대 그리스에서의 변증법이나 투사들이 손에 감던 가죽끈처럼 장려할 만하고, 남자들을 서로 멀어지게 하기는커녕 오히려 관계를 더욱 돈독하게 만들어주는 유희입니다. 당신을 직접 보게 되어 정말 기쁩니다. 여자에 대한 제 혐오감이 당신 안에서 동지를 만난 기분입니다. 이런 우리의 혐오감을 합쳐서 여자를 한층 더 저주합시다. 저주하는 것만으로도 여자를 떠올려야 하고, 여자를 재생시키기 때문에 애석할 따름입니다.

켈뤼스: 선생님과 같은 의견이라고 말씀드리고 싶지만 그럴 수가 없군요. 지금껏 어떤 여자도 제게 문제가 된 적이 없습니다. 당신의 노여움이 느껴지지만 당신을 여자와 연결하는 고통스럽고 확실한 고리도, 여자가 당신에게 불러일으키는 분노도 이해가 되지 않습니다. 여자가 부린다고 믿는 요술에 대해 선생님과 이야기할 수도 없으니 여자를 증오한다는 것은 더구나 제게 불가능합니다. 저는 남자들에 원한을 갖게 된 경우가 몇 있기는 하지만 여자들에게는 언제나 호의적이었습니다. 여자에 관해 글을 쓴 적도 있고, 사람들은 그 글이 지나치게 유약하다고 평가하기도 했습니다만, 적어도 제가 직접 겪은 것을 바탕으로 진정성을 담아 썼습니다. 저는 여자들 중 소중한 친구들을 손꼽을 수 있습니다. 그들의 우아함, 섬세함, 아름다움, 정신은 그것이 아무리 오래 지속되고 순수할지라도 결코 강도가 줄어들지 않는 기쁨으로 저를 취하게 만들었습니다. 애인들에게 배신당하면 저는 그녀들에게 달려가 위안을 찾았고, 욕망을 느끼지 않은 채 오랫동안 그녀들의 가슴에 기대 울고 나면 언제나 안정을 되찾았습니다. 제게 여자들은 성모 마리아이자 보모였습니다. 저는 그녀들을 흠모했고, 그들은 저를 안아 재웠습니다. 제가 여성들에게 덜 요구

할수록 여성들은 제게 더욱 많이 주었습니다. 저는 욕망의 광풍이 흐트러뜨린 적 없는 명민함이 깃든 구애를 여러 번 하기도 했습니다. 반면 그들은 제게 훌륭한 차와 뛰어난 대화, 사심 없고 우아한 우정을 나누어 주었습니다. 잔인하고 약간 어리석기까지 한 장난으로 제게 스스로를 내던지는 바람에 저도 어쩔 수 없이 제 취향이 아니라고 거절하게 만든 여인들을 원망할 수는 없습니다. 하지만 적당한 자부심조차 없는 여인들이라도 자신들의 예찬론자 앞에서 조금이라도 실수할까 하는 최소한의 염려, 가장 기본적인 여성미, 약간의 상식과 판단력만이라도 있으면 그러한 행동은 피했습니다.

르낭*이 지나간다.

르낭: 말뿐인 자여, 입 좀 다무십시오. 당신의 일장연설에는 믿음에 대한 대략적인 요약보다 이론가의 자만에 찬 억지가 더 있지 않다고 어찌 부정하겠습니까? 기껏해야 당신은 만찬에 오기 전 이미 식사를 하고서는 가장 훌륭한 과일을 대접해도 그것을 무시하는 손님처

* 19세기의 종교사가 조제프 에르네스트 르낭(1823-1892)이다.

럼 열렬히 여자들을 사랑했으면서 그 사실을 숨기지 않았습니까? 이런 제 말이 당신을 적어도 철학적 차원에서 비난한다거나 엄격한 도덕군자의 것이라고는 받아들이지 않길 바랍니다. 편협한 사고를 한다는 비난을 면치 못한 채 어떻게 소크라테스가 미소 지으며 이야기한 놀이를 이해하기를 어설프게 거부한다는 말입니까? 정의를 그토록 사랑하여 정의를 부정하느니 죽음을 택함으로써 그것을 세상에 내놓은 소크라테스인데, 그는 오늘날에는 전근대적으로 여겨지는 그와 같은 행위를 그 자신의 가장 가까운 친구들이 행하는 것을 포용했습니다. 공간에서의 거리가 대체로 시간에서의 거리를 모방한다는 데 동의한다면 오늘날 여전히 동방에서는, 이외에도 다른 많은 점에서 그토록 흥미로운 동방에서는 이 신비한 열정의 불꽃이 완전히 연소되지 않은 사실이 결코 우연이 아닙니다. 게다가 고대인들이 사랑을 질병으로 여겼다는 것은 논쟁의 여지가 없습니다. 그런데도 어떻게 그런 풍습을 악과 동일시할 수 있습니까? 소변에서 단백질의 일종인 알부민이 배출되는 질병인 단백뇨가 만약 단백질 대신 소금을 배출하는 병이었다면 지금처럼 몹쓸 병 취급을 받지는 않았겠지요. 하지만 이런저런 이유들에도 불구하고 당신을 용서할 마음은 없습니다. 당신은 이중으로 잘못했습니다. 제가 믿고 싶듯이 만약 삶이 그저 기술을 요하는 놀이에 불과하다면 그것은 용서받지 못할 죄악입니다. 그 어떤 관점에서도 시간을 역행해서 즐거움을 찾는 것은 그리 권장할 만하지 않습니다. 가령 미각이 누구보다도 발달한 사람이 허접쓰레기를 먹는 데 최상의 즐거움을 느낀다면 그는 적어도 상류사회에서는 제대로 대접받지 못하겠지요. 혐오감을 너무 강하게 느끼면 그것은 육체적인 반응으로 나타나고, 혐오감을 일으킨 대상은 돌이킬 수 없는 불명예의 꼬리표를 달게 됩니다. 우리의 혐오감과 존경심이 같은 사람을 향하는 경우는 매우 드물기 마련입니다. 그렇지만 혐오감이라는 감정이 사실 굉장히 상대적이라는 것은 또 어떻게 설명해야 할까요? 당신은 왜 자신에게 제공된 천상의 향기 앞에서는 고개를 돌리고 대신 시궁창 입구에 코를 들이민 채 꽃향기를 맡고 있다고 스스로를 설득하나요? 그와 같은 태도는 정원이나 향수 애호가들처럼 결코 절대적 근거에 바탕을 두고 있지 않으며 결코 신용할 수 없습니다. 그것은 단지 코의 신경이 물리적으로 어떻게 배치되어 있느냐에 달린, 어찌 보면 지극히 우연에 의한 것입니다. 하지만 이보다 더 큰 당신의 잘못은 더욱 광범위한 면에서, 보다 세밀

한 지식을 요하는 부분에서 벌어졌습니다. 앞서 말씀드렸다시피 사랑은 질병입니다. 지적 흥분이나 공기 또한 질병입니다. 그렇지만 지상에 시가 나타난 순간, 광기의 정도가 한층 강화됐다는 사실에는 의심의 여지가 없습니다. 거의 모든 시인들이 광인입니다. 누가 그들을 비난할 수 있단 말입니까? 의사들은 그들이 환자라고 말합니다. 물론 시인들에 대한 평가가 과장되기는 했지만 제게는 정말로 뛰어나고 소중한 시인 친구들이 있습니다. 그들은 우리를 죽음에 한 발 다가가게 하면서 우리의 지적 세계를 넓히고 우리의 관점을 재배치합니다. 그러니까 시인들은 환자이며 광인이라는 의사들의 말이 모두 맞습니다. 그렇다고 칩시다. 하지만 신비주의 신학자들이 말하는 것처럼 행복한 질병이며 천상의 광기입니다. 지상에서 여자의 등장은, 특히 현대적 여자의 등장은 전망이라고는 없던 실용직에 나름대로 의미를 부여했습니다. 켈뢰스 씨, 당신은 위안과 열정의 유의어인 부유한 여자들이 사랑을 위대한 질병으로 만들 때 이와 같은 중요한 요인을 제거하며 그것의 가치를 절하하려고만 했습니다. 여기서 성별의 차이는 커다란 차이를 만듭니다. 자신과는 완전히 다른 존재에 대한 사랑 때문에 느끼게 되는 이와 같은 재생을, 도시 근로

자가 시골에서 휴가를 즐길 때 느끼게 되는 이와 같은 재생을 여자 외에 대체 누가 느끼게 할 수 있단 말입니까? 낭만주의가 정신이상에 중요한 역할을 부여하면서 섬세한 감각의 소유자들에게 그것을 권장했듯, 18세기 이후부터 여자들은 스스로를 점점 하나의 이상으로 만들기 위해 수련하고 정진함으로써 결국 가장 위대한 영혼을 가진 이들조차 여자들을 숭배하게 만들었기에 당신의 잘못된 생각은 이단 취급 받아 마땅합니다. 오늘날 여자들은 하나의 예술작품이자 사치품으로 그 어떤 대상도 경쟁이 될 수 없습니다. 당신은 여자들에게서는 미미한 즐거움만을 느끼고, 감각은 다른 곳에서 만족시킨다고 했지요. 이 얼마나 불필요하고 고달픈 삶입니까! 당신의 감각은 오로지 여자들만이 자극할 수 있는 상상력의 도움으로 더욱 풍요롭고 큰 즐거움을 느낄 수 있습니다. 당신이 말하는 그런 구분이 가능하기는 합니다. 우리가 이토록 숭배하는 존재를 향해 달려가 입맞춤하는 것을 어떤 힘이 감히 저지하겠습니까? 여기 이미 포괄적인 의미를 담고 있기는 하지만 '입맞춤하다'라는 동사 외에도 철학자가 쓰는 말이라고 하기에는 충격적일 수 있는 다른 동사들도 덧붙이고자 합니다.

폴린 드 S.

어느 날 나는 오랜 친구이자 이미 오래전부터 암으로 투병 중이던 폴린 드 S.가 올해를 넘기지 못할 뿐 아니라 거짓말을 허락하지 않는 그녀의 강한 정신에 의사조차 어쩔 수 없이 사실을 있는 그대로 모두 말했음을 알게 되었다. 하지만 그녀는 특별한 상황만 발생하지 않으면 마지막 달까지도 맑은 정신과 상당한 육체적 활동도 유지할 수 있으리란 사실도 알고 있었다. 최후의 가느다란 희망조차 잃었다는 사실을 그녀가 알게 된 지금, 그녀를 보러 가는 것 자체가 큰 고통이었다. 그렇지만 어느 날 밤 나는 마침내 내일 그녀를 만나러 가기로 결심했다. 그리고 그날 밤 잠들 수가 없었다. 내 주변 모든 것들이 그녀에게 보이는 것처럼, 즉 죽음과 그토록 가깝게, 평상시 보이는 것과는 완전히 반대되어 보였다. 즐거움, 유희들, 일상, 특정한 연구 등은 무의미하고 건조하고 하찮고 가소롭고 가공할 만큼 빈약하거나 비현실적이었다. 삶과 영혼에 관한 진지한 사색, 내면 깊은 곳을 들여다보는 것을 가능케 하는 예술이 불러일으키는 감흥, 선함, 용서, 연민, 자비, 참회만이 유일하게 의미 있고 진리인 듯했다.

그녀의 집에 도착했을 때 나는 감정을 도저히 추스를 수 없이 벅찬, 그 외의 것은 모두 의미를 잃고 울음을 터뜨리기 직전의 상태였다. 나는 그녀의 집에 들어갔다. 그녀는 창문 옆 늘 앉던 긴 소파에 앉아 있었으나 얼굴에는 지난 며칠 내가 그녀를 상상하면서 연결 지었던 슬픔은 깃들어 있지 않았다. 약간 더 말랐고 병자답게 얼굴에 화색이 없었지만 이는 그저 육체적인 원인 때문이었다. 평상시의 장난꾸러기 같은 표정은 여전했다. 내가 들어가자 그녀는 손에 들고 있던 정치 풍자문을 내려놓았다. 우리는 한 시간가량 이야기를 나누었다. 대화는 예전처럼 그녀가 아는 많은 사람들을 이야깃거리 삼아 물 흐르듯 이어졌다. 심한 기침에 이어 약간 토혈을 한 후에야 대화가 멈췄다. 안정을 되찾은 그녀가 말했다.

"이제 돌아가세요. 오늘 저녁식사에 손님을 몇 분 초대했는데 이 이상 피곤해지면 곤란하니까요. 하지만 우리 곧 다시 만나기로 해요. 극장 발코니석 낮 공연을 예

약해두세요. 저녁에 공연을 보는 건 체력적으로 무리거
든요."

"어느 극장으로 할까요?" 그녀에게 물었다.

"원하는 걸로 하세요. 하지만 당신의 그 지루한 〈햄
릿〉이나 〈안티고네〉만 빼고요. 제 취향을 아시잖아요?
가벼운 연극, 라비슈가 쓴 최신 작품이면 좋겠는데요.
아니면 오페레타도 좋겠어요."

나는 상당히 혼란을 느끼며 그녀의 집을 나왔다. 이
어진 방문들을 통해 나는 그녀가 마지막 순간을 보낸
그 집에서 복음서와 『준주성범』 읽기, 음악과 시, 명상,
참회와 용서, 현자, 신부, 가깝거나 먼 지인들과의 대화,
혹은 스스로와의 진지한 만남 등이 부재한다는 사실을
알게 되었다. 그녀가 지나치게 신경이 날카롭고 엄격해
서 자신에 대한 물리적 연민을 느낄 수 없었다는 사실
을 말하려는 것은 아니다. 종종 나는 그녀가 일종의 가
면을 쓰고 연기하는 것은 아닌지, 내게 감추는 삶의 한
측면이 실제 취했어야 하는 본질은 아닌지 자문했다.
하지만 곧 그렇지 않다는 것을 알게 되었다. 그녀는 다
른 사람들과 함께여도, 그리고 혼자서도 나와 있을 때
그랬던 것처럼 '예전'과 같았다. 내겐 이 모든 것이 떠나
는 자의 정 떼기라고, 정신 나간 행동이라고 생각되었

다. 아, 나야말로 정신이상자였으니! 그토록 가까이 죽음을 접했으면서, 그토록 경박한 예전의 삶을 다시 이어갔으니. 이미 계속 보고 있던 것을 새삼 다시 보게 되었다고 놀랄 일이 무엇이겠는가! 의사가 직접 사형선고를 내리지 않는 이상 우리는 그 사실을 의식하지 못하지만 결국 누구나 모두 죽는다. 그럼에도 우리는 삶에 고귀하게 작별을 고하기 위해 죽음을 사색하는 자들을 볼 수 있다.

사랑한다는 인식

절대로, 절대로. 나는 그녀가 내게 반복한 이 말을 되뇌었다. 그녀의 말을 기다릴 때 흐른 끔찍한 침묵과 그 이후에 뒤따른 절망은 그녀의 말과 동일한 고집스러움으로 내 심장이 다음 말을 되풀이하게끔 만들었다. 영원히, 영원히. 이제 서로에게 치명적이 된 이 두 후렴구는 깊은 상처를 끝없이 휘저으며 매우 가깝고도 깊게 들렸다.

마차가 준비되었다며 저녁식사를 하러 갈 시간이라고 알리러 들어온 하인은 내 셔츠의 가슴팍이 눈물로 흥건히 젖은 것을 보고 흠칫 놀라 주춤했다. 나는 그를 물러가게 한 다음 옷을 갈아입고 외출할 준비를 했다. 하지만 곧 방에 혼자가 아니라는 사실을 깨달았다. 가느다란 파란 눈, 머리 꼭대기에 높은 흰 볏이 달린 물새를 닮은 쥐고양이 한 마리가 침대 커튼에 몸을 반쯤 숨긴 채 나를 기다리고 있었다. 나는 외쳤다. 신이여, 나를 그녀

없는 이 황량한 세상, 절망적인 고독 속 가장 완벽하도록 공허한 이 세상에서 죽도록 내버려두실 겁니까! 지상 최초의 인간을 가엾게 여겨 용서하신 것처럼 저를 용서할 뜻은 없는 겁니까! 그녀가 나를 사랑하거나 아니면 내가 더 이상 그녀를 사랑하지 않기를. 하지만 이 중한 가지는 불가능하고, 저는 다른 나머지는 원하지 않습니다. 창조하신 최초의 빛처럼 저의 눈물을 비추소서.

괘종시계가 8시를 알렸다. 늦을까 염려되어 서둘러 출발했다. 마차에 올랐다. 하얀 짐승은 가볍고 재빨리 도약하여 결코 나를 떠나지 않을 자의 차분한 충성심이 느껴지는 몸짓으로 내 다리 사이를 파고들었다. 나는 그것의 하늘처럼 깊고 선명한 파란 두 눈을 오래 바라보았다. 사람을 사로잡는 그 눈 가운데는 황금 십자가 모양의 동공이 빛나고 있었다. 그것을 바라보자 씁쓸하면서도 달콤한 감정에 휩싸여 울고 싶어졌다. 나는 당신, 아름다운 하얀 쥐고양이를 더 이상 신경 쓰지 않고 친구 집에 들어갔다. 하지만 식탁에 자리를 잡고 앉자마자 그녀와 이렇게나 멀리 떨어져 있고, 더구나 그녀를 알지도 못하는 이들에 둘러싸여 있다는 생각에 끔찍한 공포감이 엄습해왔다. 그때 무릎에 힘차고 부드러운 애무가 느껴졌다. 흰 털이 덮인 꼬리를 휙 감아 채더니 짐승은 식탁 아래 내 발치에 자리를 잡고 앉아 매끄러운 등을 발받침처럼 내밀었다. 한순간 신발 한 짝이 벗겨졌는데, 나는 그 발을 그 털 속에 넣고 쉬었다. 때때로 나는 아래를 보며 그것의 타오르는 고요한 시선과 마주쳤다. 더 이상 슬프지 않았다. 더 이상 혼자가 아니었다. 내가 느끼게 된 행복은 그것이 비밀이기에 더욱 강렬했다. 저녁식사 후 한 부인이 내게 말했다.

"외로움을 달래줄 동물을 키워보는 게 어떠세요? 당신은 너무 외롭잖아요."

나는 쥐고양이가 숨어 있는 소파 아래에 슬쩍 눈길을 던지며 더듬거렸다.

"그러게요, 그러게요."

나는 입을 다물었다. 눈물이 터질 듯했다. 밤에 생각에 잠긴 채 그것의 털을 손가락으로 쓸어내리자 마치 포레의 음악을 연주하는 것처럼 감미롭고 슬픈 감정이 고독감을 더욱 부추겼다.

다음 날 나는 다시 일상으로 돌아와 의미 없는 거리를 산책했고, 슬픈 만족감을 느끼며 친구들과 적들을 보았다. 내 주변을 둘러쌌던 모든 무관심과 권태는 새들의 제왕의 우아함과 예언가의 슬픔을 띤 흰 쥐고양이가 나를 가는 곳마다 쫓아다니게 된 순간 사라졌다.

말 없는 사랑스러운 짐승이여! 당신이 그토록 신비하
게, 그토록 아름다운 애수를 띠게 바뀌버린 이 생애에
서 당신은 나를 얼마나 충직하게 동반했는지.

대화_2

내 친구 오노레는 매력적인 눈을 가졌고 매우 사랑스러운 영혼의 소유자지만 대금업자들에게 빌린 돈을 방탕한 삶을 사는 데 탕진하고 있었다. 어제 그의 어머니 집에 여러 손님들이 저녁식사 초대를 받았는데, 그는 오지 않았다. 식사 후 그의 행실이 도마에 올랐고 판사인 그의 삼촌이 먼저 다음과 같이 말하기 시작했다.

"베르트, 어떤 일이든 끝을 맺어야 하는 법이란다. 특히나 네 아들의 무절제는 끝내야 하는 게 맞는 것 같구나. 더 이상의 관용은 없어야 한다. 이게 내가 해줄 수 있는 조언이다. 그러지 않는다면 경범재판소가 멀지 않은 것 같구나. 너는 어떻게 아들이 그토록 타락한 여자들과 노름꾼들과 어울리며 자연이 그에게 허락한 잘못된, 그러나 명석한 머리를 낭비하도록 내버려둔단 말이냐? 그 아이처럼 어린 나이에 밝은색 넥타이를 매고 가슴팍에 꽃을 달고 다니는 것만큼 점잖지 못한 일은 또 어디 있단 말이냐? 어느 일하는 청년이 그런 복장을 하고 다닌단 말이냐? 글쟁이라면 나는 모두 위험한 방랑꾼으로 간주하고 거들떠보지도 않지만, 사람들이 말하길 네 아들이 글에 재주가 있다니 차라리 쓸데없는 소설이라도 쓰는 것이 (어쩌면 네가 그 애를 설득하여 역사나 정치경제 쪽에 관심을 갖게 할 수도 있겠지) 지금 같은 생활을 계속하는 것보다는 낫겠구나! 그렇게 되면 적어도 지금처럼 순종 말을 탄 채 끊임없이 산책로에 얼굴을 내미는 꼴사나운 모습을 보이지는 않지 않겠느냐."

하지만 판사의 말을 초조하게 듣고 있던 위대한 화가이자 소설가인 B가 이내 그의 말을 끊었다.

"법의 수호자처럼 말하는 당신을 내가 지나치게 비난하지 않기를 바랄 뿐입니다. 저마다 다른 사람들의 성질과 개성, 각자 판단의 근거의 다양성을 제가 존중하는 것은 사실이고, 또한 당신이 신중한 판사라는 확신도 있습니다만 오노레가 우리 눈앞에 펼쳐놓는 젊음에 대한 이렇듯 열정적이고 따스한 그림에 저는 찬사를 보낼 수밖에 없습니다. 이 얼마나 찬란한 시기입니까! 그런데 그가 이런 시간을 글 쓰는 데 보내길 바란단 말입니까? 그 애가 재능이 있다고 해도 대체 무엇이 더 가치가 있단 말입니까? 아름답고, 즐기고, 미치고, 사는 것!

우리가 그 아이의 정열을 어설프게 묘사하기만 해도 사람들은 그것을 걸작이라고 부를 것입니다. 그러나 실제 모델은 작품보다 얼마나 더 아름답고 열정적인지요! 그 아이가 정치경제를 다루게 한다니요? 즐기되 자제하고, 친척들로부터 인정을 받고, 검은색 옷을 입고 다니다니요? 그것을 그림이나 글로 한번 재현해보십시오. 얼마나 지루하고 단조로운 실패작이 될지. 지금처럼 멋지게 차려입고 좋은 말을 탄 채 빈털터리인 편이 더 낫지 않겠어요? 초라한 복장에 초라한 말을 타고 다닌다면 수치스럽지 않겠습니까? 이미 돈이 없는데 어떻게 더 없을 수 있겠습니까? 오로지 책에만 고립된 채 거대함을 모르는 빛바랜 젊음이 무엇이란 말입니까? 그것이 학파를 형성한다면 삶의 다채롭고 아름다운 형태를 사랑하는 화가와 작가들은 어떻게 해야 한단 말입니까? 당신은 그 아이가 턱시도와 연미복을 구분하고, 밤색 수말을 암말과 구분하고, 월장석과 단백석과 묘정석을 구분할 수 있다고 불평합니다. 하지만 저는 이 모든 것이 그 아이가 세상을 향해 눈을 뜨고 있다고밖에 생각할 수 없습니다. 이런 것들을 더 이상 구분할 수 없게 되는 날은 작가가 글을 쓰지도, 화가가 그림을 그리지도 못하게 되는 날 아닐까요? 물론 저는 당신의 아들에게 인생을 한층

더 열정적으로 경험하기 위해 살인을 저지르라고까지
권하지는 않을 것입니다. 하지만 승마와 사치스러운 의
복, 빚과 대출, 도박과 방탕, 이러한 요소들이야말로 젊
음을 구성하는 필요하고 매력적인 장치들입니다. 그가
젊고 사람들이 그를 좋아하는 이상 이것이 그가 삶을 보
내는 가장 현명하고 예술적인 방법입니다."

　"좋든 나쁘든 내 아들의 삶이 흉한 것보다는 아름답
다고 믿고 싶은 마음이에요." 오노레의 엄마가 한숨을
쉬며 말했다. "현명함보다는 취향을 선택해야만 한다
면, 그리고 내 아들이 자신의 인생에 아름다운 색과 조
화를 이루는 데 뛰어난 취향이 있다면 그 아이의 선한
심성을 높이 평가하는 것이 옳지 않겠어요? 그리고 이
어미를 조금이라도 가엾게 여기지 않겠어요?"

　그러자 B가 외쳤다. "물론 당신을 가엾게 여기고말
고요! 그 아이에게는 자비심이 있습니다. 하지만 그 아
이는 엄마에게 한없는 연민을 느끼면서 동시에 멋진 말
과 여자를 좋아하고 비싼 옷과 도박에 빠질 수 있습니
다. 사람의 영혼은 살아생전에는 서로 적대시하지만 영
혼 속에서는 아름다운 하나의 인상을 남기며 화해하는
복합적인 감정에 열려 있습니다."

　온화하고 너그럽지만 철학적이지는 않은 늙은 화가

는 이렇게 말했다. 언제나 검소하게 입고 소박하면서도 정돈된 차림인 그는 화려하고 열정적인 삶을 꿈꾸곤 했다. 하지만 그러한 삶의 아름다움은 그것을 이해하지도 못하면서 그러한 삶을 영위하는 자들이 아니라 그것들을 떠올리는 상상력 자체에 있다는 사실을 알지 못했다. 그는 동시대 예술가들이 하는 말을 그대로 되풀이했는데, 그것은 단순히 문학적인 측면에서도 매우 우려스러운 것이었다. 이는 겉보기에 가장 추악한 면이 사실은 그의 너그러움과 미덕의 또 다른 모습이었을 뿐인 어느 아들을 내쫓았더니 이번에는 일반적인 미적 감각과 취향에 현명하게 복종하는 기술을 가졌으나 실제로는 한층 더 악랄한 아들을 마주하게 되는 이치와 마찬가지다.

그 자리에 있던 사람들은 각자 오노레에 대한 자신의 생각을 말하거나, 반대로 말하지 않음으로써 고유의 개성을 형성했다. 가족 모임에 참석하지 않은 오노레의 부재는 그가 그 자리에 있었던 것만큼이나 판단을 내리기 어렵고 불확실한 그의 천성을 어떤 이들에게는 더욱 호감 가는, 또 다른 이들에게는 불쾌한 인상으로 각인시켰다.

요정들의 선물

1

요정들은 요람에 다가와 우리의 삶을 감미롭게 만들 수 있는 선물을 가져다준다. 그런 선물들 중 어떤 것은 다른 누가 가르쳐주지 않아도 우리 스스로 금방 사용법을 깨우쳐 마음껏 사용한다. 하지만 어떤 것들은 그렇지 않다. 어떤 선물은 우리 안쪽 깊은 곳에 자리 잡고 있어서 우리는 그것을 갖고 있다는 사실도 알지 못하는 경우가 종종 있다. 특별한 요정이 나타나 그것이 숨어 있는 장소를 비추어 보여주고 그것이 얼마나 특별한 것인지를 알려줘야 할 수도 있다. 하지만 이와 같은 갑작스러운 계시를 받은 다음에도 우리는 또 다른 요정이 나타나 그것을 들어 올려 우리 손 위에 올려놓을 때까지 이런 귀한 선물을 하릴없는 망각에 맡겨버린다. 우리는 이와 같은 요정의 방문을 받은 자를 대개 천재라고 부른다. 천재가 아닌 이들에게 만약 그들 밖의 세계와 안의 세계를 발견하도록 안내한 화가, 작곡가, 시인이 없었다면 삶은 얼마나 우울하고 단조로웠을 것인가! 바로 이것이 천재들이 우리를 도와주는 방식이다. 그들은 우리 영혼이 가진 재능, 미처 그 존재조차 알지 못했으나 사용하면 할수록 더 커지는 재능을 발견하게 한다. 이와 같은 은인들 중 오늘 나는 이 세상과 인생을 한층 더 아름답게 만드는 화가들을 예찬하고자 한다. 어느 여인은 루브르 박물관에서 라파엘로의 완벽한 형상들과 코로가 그린 숲을 본 다음 박물관을 나와서는 행인들이나 파리 거리의 추함을 보지 않기 위해 눈을 감은 채 걸어다녔다고 한다. 요정들은 그녀에게 요람의 선물 이상을 주지는 않았으며, 그 선물은 마음의 평화와는 거리가 멀었다. 나는 루브르를 나올 때 이상향 속에서 나오지는 않는다. 돌 위에 비치는 빛과 그림자, 말의 몸통에 반지르르 흐르는 광택, 지붕 사이로 보이는 잿빛 또는 푸른빛 하늘 조각, 지나가는 사람들의 생기 넘치거나 둔한 눈동자에 비친 삶의 발현을 루브르에서의 수업 이후 계속해서 관찰, 아니 이제 막 관찰하기 시작했기 때문이다. 오늘 나는 루브르에서 서로 닮은 부분은 전혀 없지만 내게 완전히 새로우면서도 뛰어난 도움을 준 세 화가 앞에서 오랜 시간을 보냈다. 샤르댕, 반다이크, 렘브란트이다.

2

한 요정이 요람을 굽어보며 슬픔에 잠겨 말했다.

아가야,

내 자매들은 네게 아름다움, 용기, 온유함을 주었단다. 하지만 너는 고통을 받을 거야. 한탄스럽게도 그들의 선물에 이어 나 또한 네게 선물을 주어야 하기 때문이지. 나는 이해받지 못하는 섬세함의 요정이야. 모든 이들, 네가 좋아하지 않을 사람들, 그리고 네가 좋아하게 될 사람들은 특히 더 네게 고통을 안겨주게 될 거야. 사소한 비난들, 약간의 무관심이나 빈정거림조차도 너를 아프게 할 거고, 너는 그러한 것들이 너무나도 비인간적이고 잔인한 무기라고 여겨 나쁜 사람들에 대항해 쓰는 것조차 거부할 거야. 너는 그러지 않으려 해도 상처받는 영혼과 재능을 그들에게 바치게 될 거야. 그 점에서 너는 무방비 상태가 되지. 너는 남자들의 거침을

요정들의 선물　　　　　161

피해 처음에는 머릿결, 미소, 육체의 형태와 향기 속에 부드러움을 간직하고 있는 여자들에게 다가갈 테지. 하지만 네게 진정으로 우정을 보여주는 여자들일수록 그녀들도 알지 못한 채 네게 괴로움을, 달콤함 속에 날카로움을 안겨줄 테고, 그녀들이 무엇인지도 알지 못하면서 퉁긴 줄이 네게 날카로운 상처를 남길 거야. 너의 지나치게 섬세하고 강렬한 애정은 이해받지 못한 채 폭소와 불신의 대상이 되겠지. 그들은 너의 고통이나 애정의 원형을 자신 안에 가지고 있지 않아서 너를 이해하지 못하고 너의 진가는 언제나 제대로 평가받지 못할 거야. 그 누구도 너를 진정으로 사랑하고 위로할 수 없을 거야. 더구나 제대로 사용하기도 전에 소진된 네 몸은 마음의 열정을 따라잡지 못하고 지칠 거야. 너는 종종 고열에 시달릴 거고, 긴 불면의 밤을 보낼 테고, 끊임없이 오한으로 떨게 될 거야. 이렇게 네 즐거움은 그 근원에서부터 방해를 받고, 즐거움을 느끼는 것 자체만으로도 네 몸은 아파할 거야. 남자아이들이 웃으며 밖에 나가 뛰어놀 때 너는 비가 내리는 날이면 샹젤리제에 나가 어떤 여자아이와 같이 놀 수 없다며 울음을 터뜨릴 테지. 넌 그 아이를 사랑하게 되겠지만 그 아이는 너를 내칠 거야. 날씨가 좋아 네가 그 아이와 같이 놀 수 있게 되어도 너는 슬픔에 빠질 거야. 아침에 혼자 네 방에서 그녀에 대해 생각하며 그려보던 것보다 실제로는 그녀가 덜 예쁘다는 사실을 알게 될 테니까. 청년이 되어 친구들이 여자들에 빠져 열렬히 구애할 때 끊임없이 사색한 너는 그 어떤 나이 많은 노인보다 더 성숙해져 있을 테지. 부모님이 네게 "언젠가는 너도 그렇게 생각하지 않을 거다. 네가 더 철이 들고, 우리 나이가 된다면 말이다"라고 말할 때 너는 아무 말 없이 그저 예의를 지키며 마음 없는 미소로 답해. 이러한 것들이 내가 너에게 주는 슬픈 재능들, 네게 가져다주지 않을 수도 없고, 네가 싫다고 거부할 수도 없는 재능들이야. 그것은 죽음에 이를 때까지 네 삶의 어두운 상징이 될 거야.

그때 가늘면서도 강렬한, 바람결과 고성소에서부터 나온 듯 가벼우면서도 대지와 대기의 모든 소리를 제압할 만큼 온유한 확신에 찬 목소리가 들렸다.

나는 이해받지 못할 너의 괴로움, 돌려받지 못할 너의 사랑, 너의 육체적 고통으로부터 태어날 운명의 목소리란다. 네 운명으로부터 너를 해방시켜 줄 수 없으니, 나는 그것에 내가 가지고 있는 천상의 향기를 배게 할게. 잘 듣거라, 그리고 위안을 받으렴. 내가 이렇게 말하니. 무시받은 너의 사랑과 상처받은 마음의 슬픔이 얼마나 아름다운지 내가 너에게 보여줄게. 눈물에 젖은 네 눈의 매력에 빠져 사람들은 시선을 돌릴 수 없게 될 거야. 인간의 잔인함, 어리석음, 무관심은 그 심오함과 다양성에 의해 네게 하나의 유희가 될 거고. 그러면 너는 인간의 숲 한가운데에서 나로 인해 눈을 뜨게 되어 하나하나의 나무 밑동과 가지 앞에서 기쁨에 찬 호기심으로 멈출 거야. 물론 질병은 많은 즐거움을 앗아 갈 테지. 너는 사냥을 하지도, 극장에 가지도, 식당을 즐기지도 못할 테지만 네가 삶에 작별을 고할 순간이 오면 사람들이 대개 소외시키는 일, 그러나 유일하게 의미를 가지게 될 본질적인 일에 열중할 거야. 특히 나는 건강은 갖지 못하는 미덕을 질병은 갖도록 만든단다. 내가 보살피는 환자들은 건강한 사람은 놓치는 특별한 것들을 보지. 건강하면 갖게 되는 아름다움이 있지만 그것은 건강한 이의 눈에는 잘 보이지 않고, 너는 질병이 갖는 은총을 진심으로 즐길 수 있을 거야. 4월의 비가 내린 후 들판에 제비꽃이 피어나는 것처럼 눈물이 적시고 간 네 가슴에는 감내하는 힘이 피어날 테지. 너의 다정함을 그 누구와도 나눌 수 있다고 기대하지 말아라. 그것은 지나치게 귀한 정수이니. 그것을 숭배하는 법을 배우렴. 되돌려받길 기대하지 않으면서 줄 수 있다는 것은 씁쓸하지만 분명 감미롭단다. 사람들이 네게 상냥하지 않아도 너는 그들을 상냥하게 대할 기회를 누릴 것이고, 다른 이들에게는 불가능한 자비를 품은 자의 자부심을 느끼며 고통받는 자들의 지친 발에 신비하고도 놀라운 향기를 아낌없이 뿌리게 될 거야.

베토벤의 8번 교향곡 후에

우린 때로 어느 여성의 아름다움, 어느 남성의 호의나 매력, 유리한 상황 등에서 우리에게 사하여지는 은총에 대한 약속을 보기도 한다. 하지만 곧 우리의 정신은 그런 달콤한 약속을 한 사람들이 실은 그것을 이행할 수 있는 상태가 아니었음을 깨닫고, 우리를 향해 죄어오는 벽을 밀어내고자 있는 힘껏 저항한다. 더 넓은 공간을 만나면 팽창하는 성질의 공기처럼 정신은 자신 앞에 더 넓은 영역이 열리면 그것에 달려들지만 언제나처럼 이내 다시 억눌림을 당한다. 어느 날 저녁, 나는 당신의 눈에, 걸음걸이에, 목소리에 속았다. 하지만 지금은 그것이 어디까지 나를 끌고 가는지 정확히 알고 있다. 그 끝이 어디인지, 언제 당신이 더 이상 아무 말도 하지 않는지 말이다. 마치 그 밝기가 계속될 수는 없지만 아직은 유지되는 빛과도 같이 당신의 두 눈이 석양 속에서 여전히 반짝이도록 내버려둔다. 나는 또한 나에 대한 당신의 호의가 어디에서 시작되어 어디까지 갈 수 있는지 알고 있다. 당신이 왜 그토록 특별한지 이해하고 그것이 어떤 놀라움을 안겨줄 수 있는지, 그 무한한 가능성을 예측할 수도 있다. 당신이 제공할 수 있는 은총은 모두 여기 있다. 그것은 나의 욕망이 커진다고 해서, 내 환상이 바뀐다고 해서 같이 따라오지도 않고, 나라는 존재나 내 마음과 일치하지도, 내 영혼을 안내하지도 않는다. 나는 그것에 다가갈 수는 있지만 그것을 변화시킬 수는 없다. 그것은 하나의 경계다. 내가 겨우 그것에 닿는 순간, 이미 그것을 넘게 된다.

그럼에도 신은 약속된 은총이 실현되고, 우리의 꿈과 하나가 되고, 자신의 모습을 빌려주고, 기쁨을 줌으로써 마침내 고양시키는 왕국이 이 세상에 존재함을 보여준다. 그 왕국에서는 은총에 따른 기쁨은 시시각각 변하나 불가능하지는 않고, 오히려 그것을 소유하면 그 정도가 더 커지고 다양해진다. 그 왕국에서는 우리가 던지는 욕망의 시선이 곧 아름다운 미소로 회답되고, 그 미소는 우리의 마음에 닿는 순간 무한한 애정으로 바뀐다. 그 왕국에서는 움직이지 않아도 현기증을 일으키는 속도감을, 피로를 동반하지 않는 노력에 따른 성취감을, 위험하지 않아도 미끄러지고 도약하고 날아오르는 데 따르는 도취감을 맛볼 수 있다. 그 왕국에서 는 매 순간 재능이 의지와 욕망에 비례하여 커진다. 그 왕국에서는 모든 요소들이 우리의 환상에 발맞추고 만 족시키기 위해 분투한다. 그 왕국에서는 하나의 아름다 움이 등장하면 곧이어 수천 개의 다른 매력들이 그것에 합세하여 우리의 영혼 안에서 서로 더욱 긴밀하고 광범 위하고 은밀하게 협력한다. 그것은 음악의 왕국이다.

그는 그렇게 사랑했다

그는 그렇게 온 세상을 돌아다니며 사랑했고 또 고통을 받았다. 그러나 신은 그의 마음을 너무나 자주 바꾸게 만들어 그는 자신을 고통스럽게 만든 이가 누군지, 어디서 사랑에 빠졌는지 제대로 기억조차 할 수 없었다. 너무나 절실하게 기다렸던 순간들, 다시는 오지 않을 것만 같은 순간들, 죽음 너머로조차 영원히 간직하고 싶은 순간들이었건만, 아이들이 그토록 소중히 만든 모래성이 밀물에 쓸려 흔적조차 남지 않듯, 다음해 그에게는 그에 대한 어떤 기억도 남아 있지 않았다. 시간은 바다처럼 모든 것을 가져가고 파괴한다. 그러나 거친 파도를 통해서가 아니라 아이들 놀이와 같이 잔잔하고 무사태평하며 확실한 흐름에 의해서다. 그가 질투심에 사로잡혀 지나치게 괴로워할 때면 신은 그에게서 그녀를 떨어뜨렸다. 그녀가 행복의 원천이 되어줄 수 없다면 그는 차라리 평생 그녀 때문에 고통받고자 결심했었다. 하지만 신은 그가 그렇게 되는 것을 내버려둘 수 없었다. 신은 그에게 노래에 대한 재능을 주었던 것이고, 고통이 그를 파괴하기를 원하지 않았다. 더하여 신은 그의 발치에 매력적인 창조물들을 끌어다 놓고, 그에게도 충실한 연인이 되지 않을 것을 권했다. 신은 제비나 앨버트로스를 비롯하여 다른 노래하는 새들이 땅 위에서 고통과 추위로 죽는 것을 허락지 않는 법이다. 자신이 속한 땅보다는 노래하고자 하는 마음에 더욱 충직한 그들만의 법칙을 위배하지 않도록 신은 추위가 찾아오면 그 새들의 가슴에 다른 곳으로 이동하고자 하는 욕망을 일으킨다.

청년 프루스트의 사랑과 예술

"시도했다. 실패했다. 상관없다. 다시 시도하라. 다
시 실패하라. 더 잘 실패하라."

— 사뮈엘 베케트, 『최악을 향하여』

모든 위대한 소설가는 위대한 과학자와 마찬가지로
평생에 걸쳐 다양한 실험을 한다. 새로운 실험을 한다
는 것은 그중 많은 시도가 실패함을 의미한다. 이는 필
연적이다. 그러나 실패한 실험을 발판으로 위대한 소설
가는 마침내 그만의 새로운 세계를 창조할 수 있는 물
질과 기술을 얻기에 이른다. 전에 본 적 없는 내용과 형
식의 조화를 통해 자신의 세계를 특징짓는 소설이 탄생
하게 된다. 프루스트는 20세기 서구 현대문학을 여는
『잃어버린 시간을 찾아서』라는 단 한 편의 소설로 불멸
의 작가가 되었지만 이 작품을 지을 수 있는 터와 재료
를 발견하고 기술을 연마하기까지 무수한 글쓰기 모험

을 거쳤다.

그는 스물다섯 살에 그동안 여러 신문지상에 발표했던 단편과 에세이, 시들을 묶어 첫 작품집인 『즐거움과 나날 *Les Plaisirs et les Jours*』(1896)을 출간한다. 파리의 상류층 살롱을 출입하며 사회적, 문학적 야심을 키우던 프루스트였다. 그는 『즐거움과 나날』에 당시 프랑스의 대문호인 아나톨 프랑스의 서문을 받아서 싣는 데 성공한다. 또한 이 작품집에 사교계의 유명 여성 화가 마들렌 르메르의 섬세한 삽화와 베네수엘라 출신의 유망 작곡가인 레날도 안의 피아노 곡 악보까지 네 개 곁들인다. 그리고 이 초호화 양장판을 자비로 출간한다.

하지만 20대의 프루스트가 쓴 다양한 단편들 중 『즐거움과 나날』에 자리를 잡지 못한 글들이 있다. 자신의 첫 작품집에는 고사하고 그 어떤 문예지나 신문에 발표할 시도조차 하지 않았던 글들도 있다. 그런 단편들은 그만큼 도전적이고 내밀하다. 구상하거나 집필 중인 글에 대해 프루스트는 가족과 친구들에게 수시로 이야기하고 의견을 구하곤 했다. 프루스트의 편지들을 모아 출간한 서간집이 총 21권에 이르는데, 그 편지들이 이를 증명한다(프루스트가 생전에 썼던 편지는 총 2만 통이 넘을 것으로 추산되지만 대부분이 없어졌고, 이 서간집에는 대략

5,300여 통만이 포함되어 있다고 한다). 하지만 미공개 단편들의 경우 그 어떤 편지에도 프루스트는 이 원고들을 언급하지 않는다. 마치 터져 나오는 내면의 목소리를 가둘 수는 없으나 그렇다고 타인과 공유할 수도 없어서 비밀리에 쓴 일기 같다. 그저 자신의 목소리를 달래기 위해 숨어서 쓰고, 쓰고 나서도 누가 읽기라도 할까 봐 서랍 속 깊숙이 고이 간직한 글인 것이다.

이 책에 실린 18편의 글은 모두 작가가 20대 초중반에 쓴 것이다. 작가가 생전에 발표한 6편을 먼저, 이어서 미공개 12편을 배열했다. 2부에 실린 미공개 원고 12편 중 「어느 대위의 추억」, 「대화_1」, 「대화_2」, 「알레고리」는 작가 사후 1950년대와 1960년대에 프루스트 연구자들에 의해 선공개되었고, 나머지 8편은 2019년에 단행본의 형태로 마침내 빛을 보게 된다. 작가로서 완숙기에 쓴 『잃어버린 시간을 찾아서*À la recherche du temps perdu*』에 비교해 모두가 뛰어나다고 할 수도 없고, 미완성인 글도 있다. 그러나 단 한 편의 위대한 소설을 집필하기까지 청년 프루스트가 행한 작가적 실험과 모험을 엿볼 수 있다. 또한 초기 단편들임에도 『잃어버린 시간을 찾아서』의 가장 중요한 테마이기도 한 '사랑의 불가능성'과 '절대적 승자로서의 예술'에 관해 이미 청년 프루스트의 확립된 관점이 드러난다. 『잃어버린 시간을 찾아서』라는 작품이 결코 순간적 영감에 의해 창조되지 않았음을, 수십 년에 걸쳐 끊임없는 시행착오, 고민, 도전이 쌓여 견고하게 만들어졌음을 보여주는 의미 있는 단편들이다. 이 책에 소개하는 글들은 모두 한국에 처음 번역되기에 더욱 의미가 있다고 생각된다.

미공개 단편이 출간되기까지

프루스트처럼 잘 알려지고 많이 연구된 작가의 미공개 원고가 작가 사후 1세기가 지나 처음으로 출간되는 경우는 매우 드물다. 그런데 2019년 프랑스에서 프루스트의 미공개 단편 8편이 대중에게 공개되는 일이 정말로 벌어졌다. 『잃어버린 시간을 찾아서』가 프랑스에서는 새로운 편집을 거쳐 지속적으로 개정판으로 출간되고, 전 세계에서는 새로운 세대의 독자에게 새로운 번역으로 다시 선보이고 있다. 다른 한편으로 프루스트에 관한 수많은 전기가 출간되고, 학계에서는 소설 속 모든 요소에 대한 분석, 해석, 재해석이 진행되며 수많은 논문과 비평서가 쏟아지고 있다. 이런 상황인 만큼 그의

182

미공개 단편들의 출간은 늦은 시기 때문에 더욱 놀랍게 다가왔다. 그러나 프루스트가 어떤 수용의 과정을 거쳤는지, 시대를 앞선 그의 작품의 위상이 언제나 현재와 같지는 않았음을 살펴본다면 이 단편들이 빛을 보게 되기까지 왜 작가 사망 후 백 년을 기다려야 했는지 이해하게 된다.

1950년, 프루스트의 집필 과정을 주제로 소르본 대학교에서 박사 논문을 준비하던 베르나르 드 팔루아는 소설가이자 그 전해 프루스트의 전기를 출간한 앙드레 모루아의 소개로 수지 망트 프루스트를 만난다. 프루스트에게는 유일한 형제인 남동생 로베르가 있었다. 평생 독신이었던 형과 달리 로베르는 결혼하여 외동딸을 두었는데, 바로 수지 망트 프루스트다. 큰삼촌의 열렬한 애독자였던 그녀는 작가의 미공개 원고들을 소중히 간직하고 있었다. 수지 망트 프루스트는 드 팔루아의 헌신과 지성을 크게 신뢰하여 그에게 프루스트의 원고를 시기별로 분류하고 대중에게 공개하는 까다로운 작업을 일임하게 된다.

드 팔루아는 작가 프루스트의 변화 과정에 흥미를 갖고 그의 수많은 미공개 원고를 연구한다. 즉 프루스트가 어떻게 『잃어버린 시간을 찾아서』라는 위대한 소설을 쓰게 되었는지, 위대한 작가가 잉태되고 탄생하는 과정에 집중한다. 그는 본능적으로 『잃어버린 시간을 찾아서』라는 완전히 새로우며 치밀하게 구성되어 있는 거대한 문학적 건축물을 제작하고 완성한 작가라면 그것 이전에 무수한 글쓰기 도전과 실험, 그리고 실패조차 겪었을 것이라 확신했다. 그렇게 하여 마침내 1952년, 프루스트 사망 30주기를 기념하며 프랑스에서는 작가의 미공개 원고이자 미완성으로 남았던 자전적 소설 『장 상퇴유*Jean Santeuil*』를, 그로부터 2년 뒤에는 마찬가지로 미완성인 비평서 『생트뵈브에 반박하여*Contre Sainte-Beuve*』를 선보인다.

　『잃어버린 시간을 찾아서』 이전에 프루스트가 출간한 책은 존 러스킨의 번역서 두 권을 제외하면 『즐거움과 나날』, 그리고 『모작과 잡록*Pastiches et Mélanges*』(1919)이 유일했다. 1896년 출간된 『즐거움과 나날』과 1913년 출간된 『잃어버린 시간을 찾아서』 1권 사이에 존재했던 15년 넘는 공백이 미공개 작품 두 편의 발표로 실제로는 다양한 글쓰기 실험이 진행된 시기였음이 증명된 것이다. 문헌학자로서 드 팔루아가 쏟은 헌신적인 노력의 결과물이 프루스트 연구에 새로운 지평을 연 결정적 계기가 된 순간이다.

그러나 『잃어버린 시간을 찾아서』가 프루스트의 유일한 작품이기만을 바라고, 그 외 어떤 글이라도 이 소설과 대등할 수는 없다고 믿는 일부 학자들은 『장 상퇴유』와 『생트뵈브에 반박하여』를 받아들이지 않았다. 하물며 드 팔루아가 조작한 원고라고 주장한 교수도 있을 정도였다. 그러나 당시 보수적인 학계가 이 두 미완성 작품의 출간에 지속적으로 멸시와 공격의 시선을 던졌다면, 두 팔 벌려 환영한 사람들도 있었다. 이들은 프루스트의 충실한 독자이자 그와 동시대를 살았던 지인들로 장 콕토, 프랑수아 모리아크, 폴 모랑 등의 예술가들이었다.

드 팔루아의 수확은 여기서 그치지 않는다. 미공개 작품의 발표에 따른 공격과 환영 속에서 그는 프루스트가 『즐거움과 나날』을 준비하던 시기에 집필했으며 한때 첫 작품집에 포함시킬 생각이었으나 최종적으로 제외한 단편을 여럿 발견한다. 그중 남성 화자의 동성애가 직접 묘사된 단편 「어느 대위의 추억」을 1952년 《피가로》에 발표한다. 그러나 『장 상퇴유』와 『생트뵈브에 반박하여』가 각각 자전소설과 비평서라는 점에서 흥미를 끌었던 반면 그 어디에도 속하지 못하는 이 단편은 무관심 속에 묻힌다. 『장 상퇴유』의 제사, "나는 이 책을 소설이라 부를 수 있을까? 어쩌면 그 이하일 수도, 이상일 수도 있다. 고통의 시간, 벌어진 상처에서 흘러나온 것에 아무것도 덧붙이지 않고 그대로 거두어들인 내 삶의 정수다. 이 책은 만들어진 것이 아니라 수확되었다"가 보여주듯 작가가 5년(1895-1899) 동안 심혈을 기울여 집필한 『장 상퇴유』는 작가의 자전적 경험을 거의 그대로 옮겨놓은 듯하여 전기적 가치가 높다. 또한 『생트뵈브에 반박하여』는 작가의 현대적인 문학론이 직접적으로 드러난 비평서라는 다른 이유로 흥미를 끌었다. 그에 비해 독립적인 단편 「어느 대위의 추억」은 그것이 발표된 《피가로》의 1952년 11월 22일 자의 첫 페이지에 제대로 된 소개가 없을 정도로 관심을 받지 못한다.

그로부터 70년여가 지난 오늘날, 프루스트의 위상은 어느 때보다 높아졌다. 그러나 프루스트의 명성이 언제나 지금과 같지는 않았다. 잃어버린 시간 되찾기와 인간의 가장 미묘한 심리를 파헤쳐 아무리 사소한 것에도 모두 이름 붙인 프루스트의 소설은 제2차 세계대전 이후 앙가주망 문학의 광풍에 한때 잊힌다. 그러다가 1960년대를 기점으로 전통 소설에 혁명을 꾀했던 누보로망 작가들이 프루스트에게서 '감각'과 '문체'를 발견함으로써 새로운 글쓰기에 도전한다. 이어서 구조주의 철학자 질 들뢰즈는 프루스트의 작품을 지배하는 '형태' 와 '규칙'을 발견하며 선지적 비평서 『프루스트와 기호 들*Proust et les signes*』을 출간한다. 이와 같이 다양한 작가들 의 재발견은 프루스트 소설에 새로운 생명력을 불어넣 었다. 학계와 대중 모두 그의 작품을 다시금 읽게 된다. 오늘날 프루스트는 그의 소설을 충실히 재현한 만화, 영화 등은 물론이고, 그에 관한 논문과 비평서 또한 세 계적으로 가장 많이 발표, 출간되는 작가 중 한 명이다.

프루스트를 향한 이 같은 관심은 2019년 작가의 미 공개 단편선의 출간으로 이어졌다. 1919년, 제1차 세계 대전 종료 후 출간한 『잃어버린 시간을 찾아서』의 두 번 째 권 『꽃핀 소녀들의 그늘에서』가 그해 공쿠르상을 수 상한 지 정확히 100년째 해다. 드 팔루아가 수지 망트 프루스트의 보관함에서 발견하고 분류했던 원고들 중 미공개 단편 8편이 세계 최초로 빛을 보게 된 것이다.

박사학위 논문을 준비하며 프루스트의 원고들을 접 하게 된 드 팔루아는 『장 상퇴유』와 『생트뵈브에 반박 하여』를 편집하고 출간하는 작업의 중심에 서면서 학계 보다 출판계에 더 매력을 느끼게 되었다. 결국 그는 박 사과정을 마치지 않고 논문 또한 완성하지 않는다. 대 신 자신의 이름을 건 출판사를 설립했고 수익성보다는 설립자의 엄밀한 문학적 기준으로 선별한 소수의 문학 작품만을 출간하는 소신을 보인다. 그 결과 오늘날 드 팔루아 출판사를 통해 선보이는 작품들은 독자와 평단으로부터 든든한 신뢰를 받고 있다. 2019년 최초로 선보인 프루스트 단편선 또한 드 팔루아 출판사에서 출간한 것은 두말할 것 없다.

불가능한 사랑, 구원으로서의 예술

프루스트의 초기 단편들을 통해 독자는 사랑이 갖는 한계를 극복하며 삶에 의미를 부여하는 예술에 희망을 발견하는 청년 프루스트를 볼 수 있다. 그의 이러한 생각은 그로부터 수십 년 후에도 그대로 유지되어서 『잃어버린 시간을 찾아서』에서 펼치는 다양한 변주의 사랑에도 최종적으로는 마르셀이 예술에 해답을 찾는다는 결론으로 이어진다. 물론 그렇게 되기까지는 다양한 글쓰기 실험을 거쳐야 했고 우리가 손에 들고 있는 이 단편선은 초기 프루스트의 실험실에서 탄생하고 보관된 샘플이다.

프루스트에게 사랑은 필연적으로 불가능하고 그래

서 불행하다. 불가능할 수밖에 없고 그래서 불행한 자에게 구원을 약속하는 것이 예술이다. 프루스트의 세계에서 사랑은 삶을 소모시키고 그것에 고통을 안겨준다면, 예술은 삶을 무한으로 확장시킨다. 작가는 오로지 그가 남긴 작품을 통해서만 평가되어야 하고, 개인으로서의 사적인 면모는 개입하지 않아야 한다는 작가론을 펼친 프루스트다. 그의 이러한 생각은 이미 십대에 그가 남긴 유명한 설문지에서 "당신은 어떤 단점에 가장 너그러운가?"라는 항목에 "천재의 사적인 삶"이라고 한 답변에 상징적으로 담겨 있다. 천재가 그의 업적을 통해 우리가 세계를 보는 방식을 바꿀 수 있다면, 즉 과학자의 실험, 화가의 그림, 작가의 글이 우리에게 세계를 완전히 새롭게 보여줄 수 있다면 천재의 개인적인 활동이나 대화, 성격은 그가 남긴 업적과 구분되어야 한다는 믿음이다. 이런 입장은 동성애자를 범죄자나 환자로 취급하던 사회에서 프루스트가 찾은 나름의 해답이 아니었을까.

이 단편집에서 동성애를 전면적으로 다루고 있는 글은 4편에 이른다. 반면 첫 창작집 『즐거움과 나날』에서는 「비올랑트 또는 사교생활」이 유일하게 동성애를 언급한다. 그나마 이 글에서도 동성애는 여자 주인공을 아주 잠시만 스쳐 갈 뿐이다. 프루스트는 같은 시기에 쓴 동성애 관련 단편들을 『즐거움과 나날』에 싣지 않는다. 만약 그랬다면 그의 첫 창작집에 대한 논의는 동성애를 중심으로 전개되었을 것이다. 프루스트는 그와 같은 고정성을 원하지 않았음이 분명하다. 자신의 작품집에 단편소설, 시, 에세이, 노트 등 다양한 장르의 접목을 시도한 만큼 주제에 있어서도 어느 한 방향으로 고정되기를 거부했다.

이후 성과 사랑에 대한 오랜 고민과 숙성을 거치며 프루스트는 소설 전면에 동성애를 본격적으로 다룬 첫 번째 작가 중 하나가 된다. 프루스트의 세계에서 동성애자의 사랑은 남녀의 그것과 별반 다르지 않다. 그에게 사랑은 거짓, 질투, 슬픔, 이별, 죽음이다. 청년 프루스트는 이별이나 자살로밖에 그 끝을 상상해볼 수 없었다. 일찌감치 자신의 동성애 성향을 자각했던 프루스트는 열일곱 살이었을 때 콩도르세 고등학교 급우였던 자크 비제(〈카르멘〉의 작곡가 조르주 비제의 아들이다)와 다니엘 알레비에게 연애편지를 보내기도 했다. 그러나 동성애를 부정적으로 바라보는 당시 사회의 통념에 맞서 싸울 만큼 투쟁가는 아니었다.

그가 『즐거움과 나날』을 발표했을 때 이 책에 관한

몇 안 되는 서평 중에서 장 로랭의 것은 특별한 반향을 일으킨다. 장 로랭은 서평에서 프루스트와 뤼시앵 도데(그렇다. 이번에는 알퐁스 도데의 아들이 맞다)의 관계를 언급하며 이 작품의 동성애적 경향을 암시한다. 프루스트는 당장 장 로랭에게 결투를 신청한다. 둘은 각각 하늘을 향해 총을 발사하는 것으로 결투를 마치지만, 프루스트는 자신의 용맹함을 증명하는 이 경험을 두고두고 자랑스럽게 여긴다.

뤼시앵 도데를 만났을 때 프루스트는 스물네 살이었고 뤼시앵은 열일곱 살이었다. 프루스트는 어린 뤼시앵에게 상당히 매력을 느꼈고, 이는 뤼시앵도 마찬가지였다. 그러나 한 평론가가 그것을 공개적으로 언급했을 때 프루스트는 결투 신청이야말로 자신을 향한 공격에 효과적으로 방어하고 명예를 지킬 방법임을 알고 있었다. 재미있는 사실은 프루스트의 동성애를 지적한 장 로랭 또한 동성애자였으며, 오히려 그는 사생활에 그리고 작품에도 자신의 성적 정체성을 공공연히 드러냈다는 점이다. 동성애자이자 작가로서 상대방의 동성애를 감지하는 데 누구보다 뛰어났던 장 로랭은 그래서 그것을 숨기고자 하던 작가들을 신랄한 글로 아우팅하기로 유명했고 프루스트도 거기에서 벗어날 수 없었던 것이다.

마르셀 프루스트와 로베르 드 플레르(왼쪽), 뤼시앵 도데(오른쪽).
1894년경.

프루스트가 방어적일 수밖에 없던 이유는 그가 속한 부르주아지의 보수성, 더 나아가 전체 유럽 사회를 지배하던 동성애 혐오에 기인한 사건들에서 찾아볼 수 있다. 그중 대표적으로 프루스트가 『즐거움과 나날』을 발표하기 1년 전, 빅토리아 시대 영국을 뒤흔든 오스카 와일드 사건은 프루스트에게 시사한 바가 크다. 1895년, 『정직함의 중요성 *The Importance of Being Earnest*』의 대성공으로 오스카 와일드는 지난 3년간 발표한 4편의 희극이 모두 대중과 평단의 열렬한 지지를 받은 당대 최고의 극작가로 등극한다. 성공 가도를 달릴 무렵 와일드는 명문 귀족 가문인 퀸즈베리가의 자제이자 자신보다 열여섯 살 어린 앨프리드 더글러스와 공공연히 연애를 하기 시작한다. 당시 영국에서는 동성애 행위가 범죄였고, 더글러스의 아버지는 와일드를 고소한다. 결국 와일드는 유죄 판결을 받고 2년간의 중노동형에 처해진다. 이 사건으로 당시 영국은 한바탕 들썩였고, 이웃 프랑스 언론도 이를 흥미롭게 지켜보며 상세하게 소식을 전했다.

프루스트는 구독하던 《피가로》를 통해 이 사건을 꼼꼼히 따라갔다. 물론 당시 프랑스에서 동성애는 영국이나 독일과 달리 더 이상 위법이 아니었다. 따라서 프랑

오스카 와일드와 앨프리드 더글러스. 1893년경.

스 언론은 이웃 나라에서 유명한 예술가의 성적 취향에 대해 그토록 소란을 피우는 모습을 일종의 도도함이 깃든 멸시의 시선으로 내려보며 열심히 전달했다. 하지만 자수성가한 의사 아버지와 그토록 사랑하는 유대인 어머니의 기대, 유년기부터 동경의 대상이었던 파리 생제르맹 귀족 사교계에의 최근 진입 등 프루스트가 자신의 동성애를 부정해야만 했던 이유는 무수히 많았다.

결국 와일드는 2년의 형을 마치고 출소하는 당일 영국을 떠나 프랑스로 온다. 파리의 궁색한 호텔방에서 간간이 들어오는 원고 청탁과 몇 남지 않은 친구들에게 의지하며 말년을 보낸 와일드를 프루스트는 몇 차례 방문하기도 했다. 예술가로서 가장 찬란했던 정점에서 불과 몇 달 만에 가장 잔혹한 몰락을 겪은 후 레딩 감옥을 거쳐 외국에서 쓸쓸히 생을 마감한 와일드를 통해 프루스트는 동성애자의 비극이 극대화된 형상을 보았을 것이다. 프루스트는 『잃어버린 시간을 찾아서』의 4권인 『소돔과 고모라』에서 와일드에게 간접적으로 경의를 표한다.

모든 인격체에게 삶에 있어 가장 큰 감미로움이 될 수 있는 욕망이 자신에게는 벌을 받아야 하고, 수치스럽고, 고백할 수 없는 성질의 것임을 알기에 저주가 짓누르고, 거짓과 배반 속에서 살아야만 하는 종족. 그리스도교인들조차 재판정에 피고인으로 서는 순간 자신의 삶 자체를 중상모략으로부터 변호하기 위해 그리스도 앞에서, 그리스도의 이름으로 자신의 신을 부정해야만 하는 종족. 평생 동안, 하물며 어머니가 눈을 감는 순간에조차 거짓말을 해야 하는 어미 없는 아들. […] 험난한 위험과 고독을 감수하며 사랑에 대한 희망을 품지만 그가 사랑하는 남자는 오히려 전혀 여성적이지 않고, 남색과는 완전히 거리가 멀어서 궁극적으로는 답하여질 수 없는 사랑의 주인공. […] 이들에게는 범죄가 발각될 때까지 오로지 위태로운 명예, 임시적인 자유, 불안정한 지위만이 허락될 뿐이다. 이들은 전날 런던의 모든 사교계에서 추앙받고, 모든 극장에서 박수갈채를 받았으나 다음 날 자신의 머리를 의지할 베개조차 없이 모든 셋방에서 쫓겨나 삼손처럼 거대한 맷돌을 돌리며, 삼손이 말했던 것처럼 "남자와 여자는 각각 자신의 쪽에서 죽을 것이다"라고 중얼거린 시인과 같다. […] 자신이 그들 중 하나라는 사실을 숨기는 데 성공한 사람은 동족을 발견하면 그들을 고발한다. 그가 그렇게 하는 이유는 동족에게 해를 끼치기 위해서라기

보다는—그렇다고 그렇게 하는 것을 싫어하지는 않지만—스스로를 위한 핑계를 찾기 위해서다. 마치 의사가 맹장염을 찾아 몸속을 헤집는 것처럼 역사적 인물들 중 동성애자를 찾는 수고를 마다하지 않는다. 유대인들이 그리스도에 대해 말하는 것처럼 그들은 소크라테스가 그들 중 한 명이었다는 사실을 상기하며 기뻐한다. 그러나 그들은 동성애가 정상이었던 시대에는 비정상이 없었고, 그리스도 이전에는 반그리스도교인들이 없었다는 사실을 자각하지 못한다.

—『소돔과 고모라』

소돔과 고모라는 구약 성서 「창세기」에 언급되는 두 도시로 온갖 사악과 타락이 만연하여 하느님이 유황과 불의 비를 쏟아부어 멸망시킨 곳으로 기록된다. 아브라함의 조카 롯의 가족만이 하느님이 보낸 천사의 경고를 듣고 소돔을 빠져나온다. 그러나 롯의 아내는 그 과정에서 뒤를 돌아보는 바람에 소금기둥이 되었다는 바로 그 도시이기도 하다.

프루스트는 일곱 권으로 구성된 소설의 가운데에서 중추 역할을 하는 4권의 제목으로 '소돔과 고모라'를 선택한 데 이어 그 작품을 "여자는 고모라를, 남자는 소돔

〈맷돌 아래 쓰러진 삼손〉, 파리 생트샤펠 성당의 스테인드글라스, 13세기.
자는 사이 델릴라에 의해 머리가 깎여 힘이 빠진 삼손은
필리스티아인들에게 붙잡혀 거대한 맷돌을 돌리는 노예가 된다.

을 갖게 될 것이다"라는 제사로 시작하고 있다. 이 문장은 낭만주의 시인 알프레드 드 비니의 사후 시집 『운명 *Les Destinées*』(1864) 중 「삼손의 분노」에서 발췌한 시구이다. 삼손이 델릴라의 배신으로 필리스티아인들의 노예가 되어 거대한 맷돌을 돌리는 운명에 놓인 것처럼 드 비니는 이 시를 썼을 당시 사랑하던 배우 마리 도르발로부터 배신을 당하고 커다란 마음의 상처를 받는다.

마리 도르발이 드 비니를 떠난 이유는 여성 작가 조르주 상드와 사랑에 빠졌기 때문이기에 그는 더욱 괴로웠다. "신의 존재 아래 남자의 선함과 여자의 책략 사이에는 언제나, 어디서나 항상 대립이 있어왔다", "여자는 모두 어느 정도 델릴라다", "여자는 사랑하게 만든다. 사랑하지 않으면서" 등 「삼손의 분노」에서 찾아볼 수 있는 또 다른 시구들은 여성에 대한 분노에 찬 삼손의 목소리를 들려주는 듯하지만 결국 더 이상 여자를 믿지 못하는 시인의 심리를 반영한다. 드 비니에게 여자를 남자와는 본질적으로 다른 세계에 속하는 이질적인 존재로 여기게 만든 결정적인 원인은 자신은 도저히 진입할 수 없으며, 완전히 배척된 여성 동성애의 세계였다.

4권 『소돔과 고모라』는 마르셀이 주변 인물들에게서 동성애를 발견하는 과정을 보여준다. 마르셀은 그들이

방출하는 기호를 인식하고 해독함으로써 미지의 세상을 알아간다. 그때까지 의아하게만 여겼던 수수께끼들이 서서히 풀린다. 하지만 그와 동시에 사랑은 의심과 질투, 거짓으로 점철되며, 사랑은 곧 고통임을 깨닫게 된다.

드 비니가 마리 도르발에 느꼈을 의심과 불안은 5편 『갇힌 여인』에서 알베르틴에 대한 마르셀의 심리에 그대로 반영된다. 알베르틴이 여자 동성애자와 잘 아는 사이라는 것을 알게 된 마르셀은 걷잡을 수 없이 의심에 빠진다. 그리고 의심은 알베르틴에게 동성 애인이 있을 수 있다는 질투로 확장된다. 이어지는 6권 『사라진 알베르틴』에서 사랑하는 여인을 온전히 소유할 수 없다는 두려움에 마르셀은 급기야 그녀를 감금하기에 이르고, 그의 강박적인 의심과 소유욕으로부터 결국 알베르틴은 도피를 하게 된다. 그곳에서 그녀는 낙마 사고로 사망하고 마르셀은 크나큰 고통을 느끼지만 이내 시간은 모든 것을 치유한다. 고통 뒤에 찾아온 망각과 함께 마르셀은 마침내 사랑으로부터 해방된다.

마지막 7권 『되찾은 시간』에서 그는 잃어버린 시간이 의미를 갖는 유일한 방법은 글쓰기에 있음을 깨닫고 자신의 삶을 담은 책을 쓰기를 결심하며 소설은 끝난다.

허망한 사랑의 끝에는 구원으로서의 예술이 그를 기다리고 있었다.

실험장으로서의 단편소설

「무관심한 이」는 프루스트가 1896년, 《동시대 삶 *La vie contemporaine*》에 발표한 글이다. 19세기 말 벨 에포크의 향락과 유희로 가득한 파리의 우아한 사교계는 프루스트에게 인간의 심리를 관찰할 수 있는 최적의 무대였다. 남편을 여읜 젊은 귀족 부인 마들렌이 카틀레야 꽃으로 치장한 채 오페라 극장을 찾은 날, 르프레는 그녀에게 무관심하다. 그 순간부터 마들렌은 르프레에게 걷잡을 수 없는 사랑을 느낀다. 프루스트의 사랑을 특징짓는 일방성, 무관심, 집착이 펼쳐진다.

프루스트는 이 단편을 같은 시기에 쓰고 문예지에 발표한 다양한 에세이, 단편, 시들과 마찬가지로 첫 작품집 『즐거움과 나날』에 한때 삽입할 계획이었다. 그러나 최종적으로는 목록에서 제외한다. 「무관심한 이」의 부활을 위해서는 『스완네 집 쪽으로』의 출간을 기다려야 한다. 단편에서 하나의 소품 정도로 언급되는 루이 13

세의 초상과 카틀레야 꽃은 이후 『잃어버린 시간을 찾아서』에서 한층 풍성하게 전개되며 재등장한다. 『잃어버린 시간을 찾아서』에서 마르셀 다음으로 중요한 비중을 차지할 뿐 아니라 사랑과 예술을 대하는 관점에서 마르셀과 겹쳐지는 인물로 유대인이자 예술품 수집가인 스완이 있다. 스완은 오데트와 사랑에 빠지는데, 그렇게 되는 결정적인 이유는 오데트의 피곤해 보이는 모습에서 보티첼리의 회화 작품 속 십보라(모세의 아내)를 떠올렸기 때문이다.

실제 세계에서 예술작품 속 모티브와의 유사성을 발견하고 실제 사물이나 인물에 환상을 입히는 과정을 프루스트는 우상숭배라 칭하며 그 위험성을 경고한 바 있다. 「무관심한 이」의 르프레에게서 루이 13세의 초상을 겹쳐 보는 마들렌의 역할은 오데트에게서 이탈리아 르네상스 거장의 붓 끝으로 표현된 구약 성서 속 여인의 모습을 겹쳐 보는 스완을 통해 그대로 반복된다. 또한 카틀레야 꽃은 스완과 오데트의 사랑의 전주곡이 된다. 스완과 처음으로 육체적으로 관계하는 날 오데트는 카틀레야 꽃으로 머리와 옷을 장식하고 있었다. 그 후 '카틀레야를 하다'라는 표현은 스완과 오데트가 사랑을 나누는 행위를 상징하는 그들만의 은밀한 언어가 된다.

프루스트는 이후에도 '무관심'이라는 주제에 계속 매료됐다. 『꽃핀 소녀들의 그늘에서』가 공쿠르상을 수상한 후 유명 작가가 된 그는 1920년 한 신문기자의 설문에 응한다. 이때 루브르 박물관 소장품 중 개인적 취향을 기준으로 프랑스 회화를 대표할 수 있는 여덟 점의 그림을 선정해달라는 질문에 프루스트는 앙투안 바토의 〈무관심한 이〉를 꼽는다. 바토의 그림 속 무관심한 청년은 옅은 녹색 모자와 같은 색의 상하의를 입고 꿈꾸는 듯한 시선을 한 채 가벼운 동작으로 춤추고 있다. 그의 모자와 왼쪽 어깨, 신발을 장식하고 있는 커다란 분홍빛 수국, 오른쪽 어깨에 걸친 붉은 망토, 그리고 무릎까지 올라오는 달라붙는 타이츠는 그에게 여성미를 부여한다. 그러나 이러한 화려한 의복이나 장신구보다 그의 여성미를 한층 강화하는 것은 나비의 날갯짓만큼 가볍고도 섬세한 손가락 끝 동작과 몽환적인 눈길이다. 바토는 이 그림을 〈어린 소녀〉라는 제목의 그림과 한 쌍을 이루도록 제작했다. 소녀는 테오르보를 연주하고 있다. 이 두 작품은 루브르 박물관에 나란히 걸려 있는데, 아름다운 소녀와 그녀의 연주에 전혀 관심을 두지 않고 자신만의 세계에 빠져 춤추고 있는 남자 무용수가 이루는 묘한 대조가 흥미롭다.

〈무관심한 이〉, 앙투안 바토, 파리 루브르 박물관, 1717년경.

「밤이 오기 전에」는 프루스트가 1893년 《백색지 *La Revue blanche*》에 발표한 글이다. 죽음을 앞둔 여인의 고백 형식을 띤 이 이야기는 프랑수아즈와 레슬리를 중심으로 펼쳐진다. 스스로 쏜 총알이 가슴에 박혀 죽음을 앞둔 프랑수아즈가 동성을 사랑하는 자신의 '죄'를 오랜 이성 친구인 레슬리에게 고백한다. 위대한 철학자 소크라테스가 동성애자였음을 떠올리는 프랑수아즈의 논리는 이후 『잃어버린 시간을 찾아서』에서 동성애자들이 자신을 방어하는 수단의 하나로 사용되기도 한다.

석양을 받아 아름답게 물든 노르망디의 바닷가가 내려다보이는 발코니에서 두 사람은 연민과 이해의 눈물을 흘린다. 그때만큼 그들은 "그렇게 아팠던 적이, 또 좋았던 적이 없었"음을 느끼며. 비록 죽음의 그림자가 드리워져 있지만 아름답고 서정적인 배경은 단편 전체에 낭만주의적 색채를 부여한다. 동성애는 인류의 역사에서 언제나 존재해온 자연스러운 행위이자 더 나아가 오히려 예술적으로 뛰어난 사람들에게 나타나는 현상이라고 담담하게 말하는 프랑수아즈의 마지막 모습은 프루스트가 다루는 동성애의 세계에서 매우 드문 경우다. 차라리 앙드레 지드의 세계에서 보이는, 미화된 동성애를 떠올리게 한다.

「추억_1」은 1891년, 만 20세의 프루스트가 《르 망쉬엘 Le Mensuel》에 발표한 단편이다. 이전에 그가 선보인 글들이 시와 문학비평 등이었다면 이 단편은 프루스트가 발표한 최초의 허구의 이야기라고 할 수 있다. 당시 프루스트는 병에 걸려 쇠약해진 친구와 화자가 대화를 나누는 설정에 애착이 있었던 듯하다(「밤이 오기 전에」, 「추억_1」, 「폴린 드 S.」). 이 단편에서는 화자의 친구가 '오데트'라는 이름으로 등장하는데, 프루스트는 이 이름을 잊지 않고 그로부터 20여 년 후 『잃어버린 시간을 찾아서』에서 스완의 아내에게 이 이름을 부여한다.

　「추억_2」는 후각이 갖는 감각으로서의 두 가지 특성을 묘사하고 있다. 첫째, 후각은 냄새를 통해 관념적이며 추상적인 미지의 세계를 엿보게 하고, 둘째, 후각은 놀라운 기억력을 소유한다. 감각에 대한 프루스트의 관심은 이후 소설에서 저 유명한 마들렌 과자로 발전된다. 감각기관이 자극을 받아 과거의 잃어버린 시간을 부활시킨다는 프루스트의 비의지적 기억의 원리는 이때 벌써 싹트고 있었음을 알 수 있다.

　「노르망디의 것들」은 프랑스 북부 노르망디 바닷가에 대한 예찬이다. 여름이 되면 프루스트는 노르망디에 위치한 카부르와 트루빌의 바다가 보이는 호텔에서 긴 휴가를 보내곤 했다. 그의 경험은 소설 속에서 끊임없이 변하는 하늘과 바다를 무대로 한 무리 소녀들과 사랑에 빠지는 마르셀의 사춘기의 배경을 제공한다.

「○○○ 부인의 초상」을 1892년에 발표하자 프루스트의 친구들은 이 글 속의 여인이 누구인지 저마다 추측했다. 하지만 실제 모델이 누구이든지 간에 독자는 이 짧은 묘사에서 프루스트가 이상형으로 생각한 여인을 그려볼 수 있다. 열정과 차가움, 섬세함과 무관심, 자연스러움과 세련됨을 동시에 갖춘 복합적인 매력의 이 여인은 미래 프루스트 소설에 등장할 게르망트 공작부인의 밑그림이기도 하다.

「미지의 발신자」에는 공교롭게도 「밤이 오기 전에」에서 고백을 하던 프랑수아즈와 이름이 같은 여자 주인공이 등장한다. 하지만 이번에 프랑수아즈는 능동적으로 고백하는 역할이 아닌 고백받는 역할을 맡는다. 프랑수아즈는 오랜 친구인 크리스티안이 원인 모를 병으로 죽어가는 것을 무기력하게 바라본다. 친구가 아픈 이유가 자신에 대한 말 못 할 사랑 때문이었음을 알게 되는 프랑수아즈에게 작가는 의사와 신부라는 두 보조 인물과의 대화를 제공하고, 이들은 각기 전혀 다른 해결 방안을 제시한다. 그러나 프랑수아즈가 어느 쪽을 선택하기도 전에 크리스티안은 숨을 거두고 만다. 「밤이 오기 전에」의 당당한 프랑수아즈와 달리 「미지의 발신자」에서 크리스티안은 익명으로 사랑을 말할 뿐, 단 한 번도 전면에 자신을 드러내지 않는다. 그녀의 죽음은 문자 그대로 사랑에 의한 죽음이다.

「어느 대위의 추억」은 이 책에서 동성애를 다룬 글 중에서 유일하게, 아니 사랑을 다룬 모든 글 중에서 유일하게 비극성을 띠지 않는 단편이다. 이 단편에는 동성과 사랑에 빠진 자의 죄의식이나 고통, 이별, 죽음이 없다. 하지만 대위의 사랑이 허락되는 것도 아니다. 그는 한눈에 반한 하사와 서로 모든 것을 이해한 눈길을 주고받는다. 그러나 대위의 사랑은 그 이상을 기대할 수 없다. 언제까지나 불완전하고 미완이기 때문에 비극으로 이어질 수조차 없다. 다시금 혼자가 된 대위에게 감미로운 슬픔과 애절한 고독감이 찾아온다. 독자는 아름다운 저녁노을 속에서의 눈빛 교환이 대위에게 그저 간헐적인 추억거리가 되리라는 사실을 상상하게 된다.

프루스트는 만 18세가 되던 해 군에 자원입대한다. 이후 그는 오를레앙 보병대에서 보낸 1년간의 군 생활을 상당히 긍정적으로 기억한다. 이는 그의 부모도 마찬가지다. 그도 그럴 것이 아홉 살 때 극도로 고통스러운 천식 발작을 일으키며 처음으로 죽음의 공포를 경험한 아들을 목격한 후 부모는 이 예민하고 병약한 아들이 정상적인 교육제도나 사회생활에 적응하는 모습을 상상하기 어려웠다. 따라서 성공적인 군대 경험은 프루스트는 물론 그에게 더없이 소중한 부모에게도 그의 사회적 가치를 공식적으로 증명한 것이나 마찬가지였다. 또래 군인들과의 친밀감과 동료애를 느꼈던 오를레앙 부대에서 프루스트가 「어느 대위의 추억」과 유사한 경험을 했는지 기록은 없지만 그곳에서 그는 로베르 드 비이 등 소중한 인연들을 만난다.

「대화_1」은 프루스트가 로베르 드 플레르에게 헌사한 글이지만 공식 지면에 발표하지는 않았다. 프루스트와 드 플레르는 콩도르세 고등학교에서 만나 한때 연인이 되기도 한다. 프루스트는 희곡 작가이자 오페라 대본 작가로 성공하여 아카데미 프랑세즈 회원으로 선출되기도 하는 드 플레르의 문학적 재능을 높이 평가했다. 프루스트의 세계에서 사랑을 지배하는 일방성에 따른 소통의 부재와 몰이해가 몽환적인 호수를 배경으로 펼쳐진다.

「이방인 자크 르펠드」는 미완으로 남겨진 습작이다. 이 글에도 마찬가지로 돌려받지 못한 사랑을 하는 인물이 등장한다. 자크의 반복적이고 이상한 행동, 그리고 이를 몰래 엿보는 화자를 중심으로 이해받지 못하는 타자의 고독, 비밀, 고백에의 강요 등 이후 프루스트가 『잃어버린 시간을 찾아서』에 펼치게 될 요소가 다분히 들어 있다.

사랑하던 무용수로부터 버림받은 후 자살까지 시도했던 자크는 다시는 여자와 사랑에 빠지지 않겠다고 다짐한다. 그러나 이후 그가 불로뉴 숲의 호수에 반해 소중한 연인 대하듯 매일 찾아와 몇 시간이고 사색에 잠겨 산책하는 모습은 화자의 궁금증을 유발한다. 그러나 프루스트는 이야기를 매듭짓지 못한다. 화자가 자크를 '우연히 엿보기'했던 것처럼 『잃어버린 시간을 찾아서』에서 마르셀은 주변 인물들을 엿보게 된다. 그런데 마르셀이 의도치 않게 엿볼 때마다 발견하는 것은 공교롭게도 동성애 행위다. 뱅퇴유 양과 그녀의 애인, 샤를뤼스와 쥐피앵, 채찍을 맞으며 쾌락의 비명을 내지르는 샤를뤼스 등이 모두 '우연히 엿보게' 되면서 묘사된다. 이를 고려해봤을 때 다시는 여자를 사랑하지 않겠다고 결심한 자크가 사랑에 빠진 '호수'가 어떤 대상에 대한 은유인지 생각해볼 만하다.

「저승에서」는 삼손, 켈뤼스, 르낭이라는 세 인물의

대화로 구성된다. 구약 성서 속 인물인 삼손과 16세기 동성애자로 소문이 났던 프랑스의 왕 앙리 3세의 애신이었던 켈뤼스 백작, 그리고 19세기 후반에 활동한 종교사가인 에르네스트 르낭이 사후 세계에서 만나 동성애를 주제로 대화를 나눈다. 삼손은 아내에게 처음, 이어서 델릴라에게도 배신당하면서 여성혐오자가 된 듯하다. 삼손에 따르면 여자는 "동물보다도 못한 인간, 암고양이의 괴상한 변종, 독사와 장미의 중간 단계이며 모든 생각의 고리를 끊어버리고, 우정과 감탄, 헌신과 숭배를 파괴하는 근원"이다. 그런 삼손이 종교전쟁이 한창이던 프랑스 왕궁에서 왕의 총애를 받던 공공연한 동성애자인 켈뤼스와 그의 동류들에게 호감을 표한다. 삼손은 켈뤼스가 자신과 마찬가지로 여성혐오자일 것이라 짐작하며 자신의 의견에 공감하기를 은근히 요구한다.

그러나 켈뤼스는 삼손의 기대에 응하지 않는다. 켈뤼스는 삼손과 달리 여자에게 증오심이나 혐오감을 가지고 있지 않다. 켈뤼스가 남자를 좋아하는 이유는 여자에 대한 혐오감과는 관계가 없으며, 그는 오히려 남자 애인들에게 배신을 당하면 가까운 여자 친구들에게 달려가 위로를 받았다. 켈뤼스에게 여자는 "성모 마리아이자 보모"였으며, 그가 "여성들에게 덜 요구할수록, 여성들은 [그에게] 더욱 많이 주었"고, 그에게 여자들은 언제나 "훌륭한 차와 뛰어난 대화, 사심 없고 우아한 우정"을 나누어 주었다고 한다. 여자에 대한 이런 표현들은 「밤이 오기 전에」에서 프랑수아즈의 불길한 고백을 들었을 때 레슬리가 그녀를 묘사하며 안심시킬 때 사용한 표현 그대로이기도 하다. 즉 켈뤼스가 여자들과 유지하는 관계는 레슬리가 프랑수아즈와 유지하던 따뜻한 우정과 일치한다. 그러나 차분함, 관대함, 평온함 등 우정이 가져다주는 다양한 장점에도 불구하고 이러한 우정은 절망, 고통, 죽음으로 이끄는 사랑을 대체할 수 없다.

마지막으로 등장하는 르낭은 앞선 두 사람과 또 다른 의견을 펼친다. 르낭은 우선 「밤이 오기 전에」의 프랑수아즈처럼, 그리고 『소돔과 고모라』에서 화자가 동성애자의 전형을 분석할 때 언급했던 것처럼 남색을 즐긴 소크라테스를 예로 들며 동성애를 옹호하는 듯하다. 그러나 르낭은 동성 간이든, 이성 간이든 사랑 자체를 질병으로 간주한다. 켈뤼스가 여자를 우아한 차를 사이에 두고 근사한 대화를 나눌 수 있는 존재로 평가하는 데 그치는 반면, 남자에게서 격렬한 사랑을 찾을 때 르낭은 그와 같은 구분을 소모적이라 비난한다. 이성애와 동성애를 구분하는 것 자체가 모순이며 사랑을 거대한 광기와 질병으로 간주하는 르낭에게서 독자는 회의주의 철학의 패러디를 본다.

「폴린 드 S.」는 죽음을 앞둔 폴린과 그녀를 바라보는 화자가 죽음을 대하는 간극을 다루고 있다. 죽음에 임박한 폴린을 방문하기에 앞서 화자는 으레 그녀가 삶에 대한 진지한 성찰로 남은 시간을 보내고 있으리라 짐작한다. 무거운 마음을 안고 그녀의 집에 도착하여 대화를 나누면서 막상 그는 폴린이 예전과 다름없이 가벼운 대화와 유희를 즐기고 있음을 발견한다. 죽음은 삶의 일부일 뿐, 그것에 의해 삶 자체가 바뀌지는 않는다는 인식이 보인다.

어려서부터 몇 차례 천식 발작을 경험한 프루스트에게 죽음은 삶의 한 부분을 차지해왔다. 그는 『잃어버린 시간을 찾아서』를 집필하던 초기에 소설을 총 세 권으로 구상한다. 그러나 첫 권의 출간 후 제1차 세계대전으로 2권의 출간이 지연되고, 또 그사이 사랑하던 운전사이자 비서인 알프레드 아고스티넬리가 비행기 사고로 사망하는 비극을 겪으면서 마르셀의 사랑 이야기인 '알베르틴 시리즈'가 새롭게 자리 잡는다. 프루스트는 결국 소설이 일곱 권의 형태를 띠게 되리라는 것을 짐작한다. 따라서 생애 말기에는 이 방대해진 작품을 완성하기 전에 죽음이 찾아올까 봐 두려움을 느끼곤 했다. 그러나 그 두려움의 근원은 삶 자체에 대한 집착보다는 삶을 뛰어넘는 예술작품의 완성에 대한 열망이었다.

「사랑한다는 인식」에서는 다시 한번 실연의 고통에 빠진 남자 화자가 등장한다. 셔츠의 가슴팍을 눈물로 흥건히 적시고, 신을 원망하고, 그녀 없는 황량한 세상을 살아가는 것이 무의미하다고 외치지만 그러면서도 저녁식사 초대에 늦지 않기 위해 분주히 외출 준비를 한다. 귀부인의 살롱 등 사교계 출입이 절대적 비중을 차지했던 당시 프루스트의 생활상이 겹쳐 보인다. 이 글이 다른 단편들과 차별되는 점은 프루스트의 세계에서 거의 찾아볼 수 없는 환상적인 요소의 개입에 있다. 괴로워하는 화자 앞에 이름만큼이나 비현실적인 '쥐고양이' 한 마리가 나타난다. 타인의 시선에는 보이지 않는 이 동물은 그가 가는 곳마다 따라다니며 기댈 수 있는 존재가 된다.

「대화_2」에서는 세기말 댄디의 전형이 묘사된다. 어느 영화의 대사인 "우리가 돈이 없지, 가오가 없나"에 딱 들어맞는 오노레. 그가 부재한 저녁 식사 모임에서 전통과 기득권을 상징하는 판사 삼촌, 예술적으로 성공

했으나 개인적으로는 오노레의 열정을 부러워하는 화가이자 소설가 B, 그리고 아들을 감싸는 엄마가 대화를 나눈다.

마지막 세 단편 「요정들의 선물」, 「베토벤 8번 교향곡 후에」, 「그는 그렇게 사랑했다」는 모두 실패, 혹은 불행으로 종결될 수밖에 없는 운명을 안고 있는 사랑의 대안으로서 예술을 제시하고 있다. 지상에서 사랑을 통해 행복을 얻을 수 없는 인간에게 신은 예술을 주었다. 극도로 섬세한 예술가는 몰이해의 대상이고, 그의 사랑은 돌려받지 못하고, 질병은 끝없는 고통을 안겨준다. 그러나 이런 예술가에게 신은 이 모든 장애물을 극복할 수 있는 망각과 예술적 재능을 선물했다. 청년 프루스트가 자신의 결함과 재능을, 또한 미래의 위대한 작가로서의 임무와 특권을 뚜렷하게 인식하고 있음을 알 수 있다.

이 책을 통해 독자가 청년 프루스트의 사랑과 예술에 한발 다가가는 계기가 되기를 바란다. 무엇보다 이 단편선의 옮긴이로서 독자가 '다른' 형태의 사랑에 조금이라도 포용력이 생기기를 바란다면, 그것이 무리한 희망이 아니길.

유예진

프루스트 단편선
밤이 오기 전에

초판 1쇄 발행 2022년 2월 5일
초판 2쇄 발행 2022년 3월 25일

지은이 마르셀 프루스트
옮긴이 유예진
펴낸이 조미현

책임편집 김호주
디자인 나윤영

펴낸곳 (주)현암사
등록 1951년 12월 24일 제10-126호
주소 04029 서울시 마포구 동교로12안길 35
전화 02-365-5051
팩스 02-313-2729
전자우편 editor@hyeonamsa.com
홈페이지 www.hyeonamsa.com

ISBN 978-89-323-2191-2 03860